最 励志校园小说

你真的努力了吗

最励志校园小说

你真的
努力了吗

金径旼 /著 秋德英 /绘 高勋 郭锦月 /译

长江出版传媒 | 长江少年儿童出版社

赶走
心中的"怕麻烦鬼"

亲爱的小读者，你是不是会因为心里觉得"啊，烦透了"而放弃一件事？

比如，你在图书馆的书架上发现了一本看起来很有意思的书，便拿下来开始阅读。一开始，你觉得还算有趣，但读着读着，你发现书中图片越来越少，文字越来越长，便产生了把书放回去的想法。类似的事还有学英语、学乐器、学画画……

这些事开始时特别有趣，你甚至迫不及待想去做。可慢慢地，你发现越做越难，坚持下去太辛苦，便放弃了。

如果能赶走那个讨厌的怪兽——"怕麻烦鬼"，不让它指使你轻易放弃，你就能做什么事都坚持到底了。

大家千万不要因为自己有时不能坚持就产生"我做什么事都不能坚持到底"的想法。我认为，最大的问题不是没能读完书的你，学英语三天打鱼两天晒网的你，而是那个指使你在中途放弃的令人讨厌的怪兽——"怕麻烦鬼"。如果能赶走这个"怕麻烦鬼"，你就能接着阅读那本书了。

请各位小读者好好留意本书的主人公罗大成是怎样赶走自己心中的"怕麻烦鬼"的。罗大成身上有一个肯付出努力的人必需的东西——爱。大成是爱着自己想要实现的目标的，各位也需要有喜爱目标、珍视目标的心。如果有了这种心，"怕麻烦鬼"这只怪兽还能妨碍到你吗？深爱着目标的你在这世上没有做不到的事，你会天下无敌。

这世界上的才能有很多种，无论你有哪种才能，不付出努力都将一事无成，所以在我看来，无论多么辛苦也不放弃，这是真正值得称赞的才能。

亲爱的小读者，请时时问自己：我真的努力了吗？

汉北大学婴幼儿保育学系教授

金民花

人物介绍

翻开故事之前，先来认识一下主人公和他的家人、朋友吧！

罗大成的妈妈

最关心罗大成，爱唠叨。
看着罗大成努力，心里一半
担心一半期待。

郑万寿院长

宠物医院的院长，
是积极支持罗大成
的人。

罗大成的爸爸

可丽儿洗衣店的主人。
很担心凡事差不多就
好的罗大成。

鲫鱼饼

品种不明，
看起来很伶俐。
个性跟主人罗大成一样懒散。

罗大成

小学五年级学生。
生性懒散。
因为想养一只小狗，
开始毅力养成大作战。

成实爱

罗大成的同班同学。
个性文静、心思细腻的女生。

成义泽

成实爱的双胞胎弟弟，坐在罗大成的旁边。
喜欢背着妈妈偷偷跟朋友打电动游戏。

黄欣儿

罗大成的同班同学。
头脑聪明，
行事有主见。
总爱对罗大成挑刺。

目录

毅力是什么？

毅力是一种战胜自己的力量。

有了毅力，无论面对什么事都不会轻易放弃。

其实，任何一件事，

我们都可能做着做着便觉得太麻烦了，

恨不得把它甩在一边。

不过，只要日复一日地做，

让做该做的事成为一种习惯，

日子会过得很充实。

你真的努力了吗

毅力是一种坚持到底的力量。
把认为做不到的事情做到，
把和自己的约定坚持到底，
这不就是毅力吗？
毅力是努力的另一个名字，
用它走路，
才能抵达成功！

1. 居然不相信我

"不会的，我不会那样的。"罗大成边躲闪边央求，
"我真的可以养好小狗，你们为什么不相信我？"

"不管不管，为什么你们就是不懂我呢？"为了小狗不被抢走，罗大成使尽浑身解数。

"给我！快点！你养不活它的！"妈妈好像真生气了，她呼着粗气，鼻孔被撑得老大。

"不要！不要！为什么说我养不了？我说能养就能养。"

"什么？这小子竟然敢顶嘴，真是没大没小！"爸爸也生气了，挥舞着藤条走过来。

见爸爸这个架势，罗大成急慌慌地要逃，他一边左躲右闪，一边大声叫嚷："我真的会好好照顾小狗的！"

"少废话，不要再说了！怎么能把小狗托付给你这样的懒家伙？从小到大，你做哪件事坚持到了最后？小狗不是玩具，想扔就扔，它是有生命的。如果突然有一天你烦了，不想养它了，那小狗怎么办？你说说看！"

"不会的，我不会那样的。"罗大成边躲闪边央求，"我真的可以养好小狗，你们为什么不相信我？"

但是爸爸不吃这一套。

"不行，我没办法相信你。你什么时候拿出过毅力做事？无论做什么，你都是没做多久就不耐烦了，半途而废。你自己打扫过房间吗？"

"没有……"

"你做完过一本数学辅导书吗？"

"没……"

"你说要去英语补习班，有没有好好去上课？"

"……"

"没话了吧？我怎么能相信你这种懒家伙！"

"啪！"罗大成的小腿被爸爸的藤条打了个正着。

"啊，疼死了！不要打了！不要打了！"罗大成把小狗放下，捂着腿大叫，然后扑到床上，号啕大哭，"讨厌，我讨厌爸爸妈妈！"

演出了一阵全武行后，罗大成一家人个个筋疲力尽。

宠物医院的郑万寿院长把小狗带走后，爸爸嘀咕道："真是的，没事和小孩说什么废话。"

就是郑院长的一句"哟，大成把小狗照顾得不错啊！你想不想养"，引发了罗大成家的这次骚乱。

郑万寿院长的宠物医院就在罗大成爸爸的洗衣店旁。郑院长和罗大成爸爸都是社区活动小组的成员，又是邻居，两个人交情不错。

　　因为是熟人，郑院长便把医院里刚出生的小狗寄养在大成家。

深夜，罗大成走到客厅，呆呆地望向小狗曾经睡过的地方，心里空落落的。

"真是的，为什么不相信我？"大成越想越生气，狠下心决定再也不跟爸爸妈妈说话了。

最近，因为要选派同学参加电视台的《挑战，智力万万岁》节目，罗大成所在的乌兰小学热闹非凡。据说这次大赛的优胜者可以得到奖学金和一台电脑。每个班都为智力大赛的预选赛而忙得不可开交。

"啊，对了，我都忘了还有智力大赛。哎哟，干吗还要那么麻烦地背题，我拿出平时的实力就够了！"

罗大成把一周前学校发下来的大赛题库看了一遍。

罗大成的班也开始了选拔参赛代表的预选赛。班级的预选赛由老师主持，同学们要举手抢答才有机会回答问题。

"啊哈！太好了！"刚开始很多问题罗大成都知道答案，"搞什么？这么简单！压根不用我花时间准备！这次智力大赛就看我的吧！"

可是，随着题目增多，罗大成越来越追不上黄欣儿了。每次回答问题时，黄欣儿那绑在脑后的马尾辫就会跟着摇摆起来，她的声音也充满自信。

她一回答问题，罗大成就在心里默默念咒语："黄欣儿，答错，答错！"

咒语一次也没灵验过。万幸的是，坐在大成前面的成实爱把他不会的问题的答案写在纸上给他看。每次看到答案，大成都会兴奋地喊出来，然后冲着成实爱开心地笑。成实爱也会充满成就感地抿嘴一笑。

成实爱笑起来脸颊会出现两个酒窝，看起来格外可爱。

"正……确答案是……"罗大成每次喊出答案时都有点上气不接下气，而且起身时，他总因为肚子太大而挤动桌子，弄出很大的动静。

坐在成实爱旁边的黄欣儿板着脸抱怨："喂，罗大成，你能不能别总是那么烦人！"

罗大成很想回击黄欣儿，但觉得搭理她太麻烦，就忍住了。

最终，借助成实爱的帮助，罗大成和黄欣儿一同被选为智力大赛的班级代表。

"接下来所有人都去大礼堂，要选拔学校代表了。真希望从我们班诞生智力大赛的优胜者啊！"

老师话音未落，同学们啪啪啪地鼓起掌，欢呼着从座位上站起来。

罗大成用眼神向成实爱传达了感激之情：嘿嘿，实爱，谢谢你。

就在这时，罗大成耳边传来黄欣儿刺耳的讥讽："很得意嘛！还好没有辫子，要是有，辫子都能翘到天上去了！"

"你刚刚那句话是对谁说的？"罗大成霎时间脸变得通红，像头生气的斗牛，鼻孔呼哧呼哧地喘着气。

"哎哟，被我说中了？如果我说得不对，你干吗这么生气？"

"好啦，别理她了，快点去大礼堂吧！"成实爱的双胞胎弟弟成义泽拽了一下罗大成。

成实爱也拉着黄欣儿的胳膊说："欣儿，老师好像在看着我们。我们也快点去大礼堂吧！"

黄欣儿撇了撇嘴，不屑地转身就走。罗大成怒气冲冲地瞪着黄欣儿的背影。在脑海中，他化身成一只猫，从黄欣儿背后一跃而起，跳到她头顶，用尖利的爪子用力划过她的脸。喵呜！

在礼堂的主席台上，各班选出的代表们聚在一起，站成一个圆圈。看到下面满满一礼堂的同学，罗大成的心扑通扑通地猛跳起来。

学校的总决赛第一个环节是"你说我猜"。这个比赛将选拔出两个班的代表队。比赛的顺序以抽签的方式决定。没想到，罗大成和黄欣儿抽到的是第一组。

黄欣儿毫不迟疑地说："我来描述你来猜吧。你一紧张就会结结巴巴的。"

罗大成很不满，但是现在没回击的时间，因为老师一声"开始"后便按下了计时器。罗大成耳边传来了计时器嘀嗒嘀嗒的声音。

"我们会把勤劳的人比作蜜蜂，把像你这样的好吃懒做、靠别人生活的人叫作……"

"寄生虫？"

"对了。像你这样几乎放弃了数学的人，我们会开玩笑叫作什么？穿着红色内裤满天飞的那个是……"

"难道是超人……数抛人？"

"不错。一种和你长得很像的动物，人们称胖胖的人为这种动物。"

"猪？"

"很好，接下来……"黄欣儿一看到题目是科学家的名字，深深地叹了口气，"唉！"

"提出相对论的物理学家是……"

"嗯？不知道，下一题！"

"哎哟，就是那个……喝了会变聪明的牛奶！"

"爱因斯坦！"罗大成想起了常常看到爱因斯坦牛奶的广告。

"很好。接下来……"

罗大成和黄欣儿答对了二十道题。罗大成虽然答上了很多题，但心里很不是滋味。

答对二十道题的小组，除了罗大成组，就只有六年级的一组，因此这两个组进入了最后的学校代表选拔。这也是五年级和六年级的对决。

"世界上最长的河是……"

黄欣儿赶紧喊道："尼罗河！"

"下一题！德国的首都是……"

这次六年级队抢答道："柏林！"

"正确。接下来，蝌蚪是什么动物的……"

黄欣儿没等到老师说完题目就赶紧喊了出来："青蛙！"

"正确！下一题是，孙刘联军打败曹操军队的战役是……"

六年级队的两个选手努力回想着，鼻子眼睛嘴巴都皱在了一起。

"那个……啊，赤什么战来着……"黄欣儿想起来了，"是赤壁之战！"

"正确！五年级队竟然赢了六年级队。五年级三班的黄欣儿和罗大成将作为我们学校的代表参赛！吃完午饭之后，他们就要出发去电视台参加正式比赛，去加油的同学在一个小时之后到操场集合！"

2. 是我太心急了吗

"早知道就耐心地听一会儿了。我太心急了。"
罗大成又羞愧又懊悔,脸烧得像个火炉,都不知道自己是怎么回到家的。

老师和去加油的同学乘坐学校借来的客车向着电视台出发了。

罗大成挺着胖胖的肚子气喘吁吁地上了车。刚吃完午饭,困意一阵阵袭来,大成一坐到座位上便合上了眼。黄欣儿悄悄走到他身边,冷不丁地问:"喂,你猜一猜,卢森堡的首都是哪里?"

"啊!"罗大成吓了一跳,睁开眼睛。他一看是黄欣儿,又合上双眼。

"喂，罗大成！"黄欣儿喊了起来。

同学们的视线都集中到罗大成和黄欣儿的身上。

"喂，我再问你一遍：卢森堡的首都是哪里？"

"不知道。别烦我，我困死了。我得好好睡觉才能有好状态。"罗大成沉下身子，再次合上双眼。

黄欣儿把大赛题库卷起来，猛地拍了一下罗大成的肩膀，说："答案就是卢森堡。喂，要不是因为我们是一个队的，我才懒得理你呢！你以为我喜欢和你说话啊？"

"真是烦死人了。我要睡觉！"

罗大成抖了抖肩膀，把身子扭向另一边，瞬间便进入了梦乡。手握题库的黄欣儿在一旁气得干瞪眼。

到了电视台，罗大成和黄欣儿跟着电视台的工作人员来到待机室。待机室里已经到了好几所学校的选手，吵吵嚷嚷的。

一直自信满满的黄欣儿神情紧张起来。

她拿着大赛题库，追着罗大成问："喂，罗大成，猜猜看，肯德基的创始人是什么军衔？"

"啊？不知道！"

"喂，你怎么能想都不想就说不知道？你没吃过上校鸡块吗？是上校啊，好好记住。"

"农夫有17只羊，除了9只以外都病死了，农夫还剩几只羊？"

"17 – 9 = 8，8只！"

"一窍不通的人居然成了学校代表，真是无语，无语。听好了，是'除了9只以外'！答案是9只。"

"怎么会问这种题？"罗大成心不在焉地点了点头。

"还有，牛的小孩叫'小牛犊'，马的小孩叫'小马驹'，那鸡的小孩叫……提示……"

黄欣儿还没读完题目，电视台的工作人员就进来让大家去节目现场了。

罗大成的心扑通扑通直跳。

黄欣儿紧跟在罗大成的后面继续问："提示：

我们也用它来描述鸟的孩子。"

此时，罗大成完全没心思听黄欣儿说话。

"你真的好烦人！谁不知道是小鸡娃！"罗大成不耐烦地随口答道。

进入现场的瞬间，罗大成看到屋顶的照明灯放射出耀眼的光芒，他的心跳得越来越快。同学们的欢呼声令罗大成兴奋不已，以至于黄欣儿说的话也没有听清楚。

"喂，是'雏鸡'。"

"什么？说我是畜生？可恶的丫头。"

终于开始了第一轮的比赛。第一轮是判断正误，虽然占的分值不高，但由于是第一个出场，罗大成异常紧张。

"以鱿鱼而闻名的郁陵岛属于江原道。正确就答○，错误就答×！"主持人终于提问了。

"○！"

答题器发出尖厉的哔声。罗大成感觉心脏都要跳出来了。

"回答错误。郁陵岛属于庆尚北道。"

第一题就答错了，罗大成很羞愧，放在答题器上的手不由自主地颤抖起来。

接下来轮到黄欣儿。她轻轻咬住下嘴唇，冷静地听着问题。

"骆驼驼峰里的成分是脂肪。正确就答〇，错误就答×！"

"〇！"

答题器响起了叮咚声，听起来很轻快。

"回答正确。乌兰小学获得 10 分。"

黄欣儿准确地回答了每一个问题，轻松地击败了牧英小学。接着，她又战胜了英灿小学和马东小学。

不知不觉，智力大赛就剩最后一轮了。

凭借黄欣儿的表现，乌兰小学领先牧英小学 40 分。不过，这一轮答对能得 50 分。牧英小学可以凭这一轮逆袭。

"最后一题。牛的小孩叫'小牛犊'，马的小孩叫'小马驹'，那鸡的小孩叫……提示……"

　　主持人还没有说完，罗大成用胖乎乎的手敏捷地按下了答题器。

　　"太好了，终于出来一道我知道的题。赛点就看我的了！"罗大成想象着自己答题后同学们欢呼的场景，脸上不由浮现出了笑容。

　　一旁的黄欣儿嘴巴一动一动的，好像在说什么，但此时罗大成什么都听不进去了。

"要是罗大成同学答对了这道题，乌兰小学将成为优胜者。那么，罗大成同学，正确答案是……"

"嗯，正确答案是小鸡娃。"罗大成想起了黄欣儿出过这道题，笃定地回答。

先是一旁的黄欣儿发出了惨叫声，紧接着，答题器传出刺耳的哔声。

"唉——"主持人叹了口气，"真是可惜啊。乌兰小学的罗大成同学，你应该很后悔没有听完提示。我们也用相同的字描述小鸟的孩子。"

黄欣儿赶紧再次按下答题器，但是机会已经到了对方身上。牧英小学按响了答题器。

"最紧张的时刻到了！牧英小学的陈学圭同学如果答对了这道题，大奖就属于他们了。那么，牧英小学的陈学圭同学，你的答案是什么？"

"正确答案是'雏鸡'。"对方铿锵有力的回答声在电视台的录制现场传开。

叮咚，轻快的提示音响起来，紧接着传来了主持人兴奋的声音。

"是的，是正确答案！祝贺你们！牧英小学胜出。很遗憾，乌兰小学和胜利擦肩而过。不过，让我们也给奋战到底的乌兰小学的同学们鼓掌吧！还有一直在为选手们加油的老师和各位同学，谢谢你们。"

罗大成感到自己的脸变得滚烫。

"她刚刚说的不是'畜生'，而是'雏鸟'啊。啊呀呀，真丢脸！怎么办？怎么办？"罗大成不敢抬头。

一旁传来了黄欣儿的抱怨："喂，这不是刚刚问过你的问题吗？连答案都告诉过你！早知道是这样，我就什么都不跟你说了！"

说着说着，黄欣儿呜呜地哭起来。老师和同学走上舞台安慰黄欣儿，罗大成趁机悄悄溜出现场。

"早知道就耐心地听一会儿了。我太心急了。"

罗大成又羞愧又懊悔，脸烧得像个火炉，都不知道自己是怎么回到家的。

罗大成在爸妈开的洗衣店门口停下。妈妈正在给衣服打肥皂，爸爸则在一旁挥舞着冒着蒸汽的熨斗熨衣服。

"如果爸爸妈妈看到了我丢脸的样子……真的太可怕了。这么丢脸，以后怎么去学校啊！不管了！不管了！"

罗大成瞥了一眼宠物医院的橱窗。橱窗上贴着一张纸。

诚征想领养小狗的人。
小狗的健康状态良好。
注：新主人一定要为小狗负责到底。

——郑万寿宠物医院

罗大成看到"领养小狗"几个字后，便把智力大赛的事抛在了脑后。

"这应该说的就是我照顾过的那只小狗。领养？那我以后就见不到它了？"想到再也见不到小狗，大成心里顿时五味杂陈。

他悄悄推开医院的门。郑万寿院长在诊室里接诊，待诊室的客人正带着宠物走向诊室。

待诊室入口处放着一个大大的箱子，里面的几只小狗猛摇着尾巴。罗大成照顾过的小狗也在其中。

"喂，是哥哥啊，哥哥。你还记得吗？"罗大成小声说着。他轻轻摸了摸小狗，接着把小狗抱到胸前。小狗的身体微微地颤抖着，就像正在震动的手机。

"这小子怎么抖得这么厉害？是因为害怕了吗？如果这样放着不管，我就有可能再也见不到了它……"

罗大成无法放下小狗。

你真的努力了吗

3. 我行我素的罗大成

"再忍耐一下吧。哥哥会尽快找一个可以养你的秘密基地。
现在哥哥要去补习英语了。"

　　在吃早饭的时候，妈妈问爸爸："对了，昨天听说宠物医院有一只小狗不见了，不知道找到了没有。"

　　"怎么可能找得到？肯定是有人故意抱走的。那人既然抱走了小狗，应该会好好养它吧！"

　　罗大成一听到在聊小狗的事情，突然咳嗽了起来："咳咳！"

　　"真是的，你还好吧？慢点吃。"妈妈亲切地拍了拍罗大成的后背，好像突然想到了什么，问道，"对了，听说你昨天参加了智力大赛，怎么没有和妈妈说？"

"嗯，太无聊了，没什么好说的。"

"他们说你被选为学校代表了？"

"不，不是的。就是碰巧参加了，没什么大不了的。"

"节目什么时候播出啊？"

"你要看吗？应该看不了吧！节目是下午五点播，那正是爸爸妈妈最忙的时候啊。"

"说什么呢！大成上了电视，哪怕是录下来也要看哪。"

"不用了，没什么意思。不要看了，千万不要看。"

罗大成一边吃着饭，一边在心里念咒语："让爸爸妈妈都忘记吧！忘记节目播出的时间，忘记反对收养小狗的事。老天爷，佛祖，各路神仙，拜托拜托，请帮我实现愿望！"

这时电话铃响了，妈妈接了电话后冲爸爸发起了火："老公，你昨天又没去 118 栋吗？"

"哎哟！忘记了。"

"204 栋也打来投诉电话了。"

"哎呀！"爸爸放下手中的筷子，手忙脚乱地穿上衣服，跑了出去。

秋天的天空湛蓝湛蓝的，没有一丝云彩，但罗大成的心里布满了乌云。

"那么丢脸，怎么去见同学们？"离学校越近，大成的心越是不安，"啊，懒得去想了，不管了。"

"早啊！"走进教室时，大成装作若无其事，和大家打招呼。

原本吵吵嚷嚷的教室突然安静下来。

"他们是在讲我的事吗？"罗大成把书包放进抽屉后便坐在位子上，不敢多说什么。

同学们看了一眼罗大成，随即又大肆喧哗起来。围在黄欣儿身边的几个女孩盯着罗大成笑个不停。

“喂，你们干吗一直对着我笑？知不知道这样很没礼貌？”罗大成被这几个女孩惹恼了，大声嚷嚷道。

黄欣儿不屑地说：“罗大成，如今的你根本没资格说别人吧！”

罗大成气坏了，但他自知理亏，只有噘了噘嘴，不再多言。

“大家早上好啊！”

就在这时，老师洪亮明朗的声音在教室里传开。

老师一进教室就望向黄欣儿和罗大成，微笑着说："黄欣儿，罗大成，你们两个辛苦了！不要因为没有拿到冠军而失望，第二名也是很好的成绩。你们已经拥有了一段用钱也买不到的美好回忆。"

罗大成的心情并没有因为老师的安慰而变好，他眼前浮现出自己在众人面前丢脸的情形，还有黄欣儿瞧不起他的那张脸。

成义泽转过身来看了下罗大成，啪地拍了一下桌子，说："小子，别再皱眉头了！"

"那是因为你不知道昨天的情况，唉……"罗大成的眉头皱得更深了。

"喂，你这个家伙，不仅是被数学抛弃的'数抛人'，还是被智力竞赛抛弃的'智抛人'啊！都忘掉吧！何以解忧，唯有电玩！待会儿放学要不要玩一局？"

"连你也要嘲笑我吗？"罗大成生气了。

"哎哟，这小子真是脾气差呀。"成义泽嘟囔着转过身去。

罗大成一放学就立刻往家跑。

"小狗叫什么名字好呢？"一想到小狗，罗大成的脚步都变得轻盈了，待他回过神来，已经到了宠物医院门口。

宠物店的橱窗上贴着一张告示。

小狗的新主人，请你好好养它哟！

——郑万寿宠物医院

罗大成体会到了什么叫做贼心虚。

"要不要实话实说呢？不！爸爸妈妈肯定会让我还回去的。"

罗大成躲开正在店里忙碌的爸爸妈妈的视线，飞快地窜上楼，打开大门，跑进自己的房间。

床下传来小狗的声音，罗大成赶紧把床单撩起来。

"你一定闷坏了吧？对不起。"

正要把小狗拉出来时，他发现床脚有一坨东西。

"呜，居然拉屎了。先用这个擦一擦吧。"罗大成捂住鼻子，从抽纸盒里抽了张卫生纸。

"唉，真是麻烦。"罗大成把包着狗屎的卫生纸随手丢在床下，扑通一下倒在地板上，"待会儿再清吧。给你取个什么名字好呢？你喜欢什么样的名字呀？"

罗大成把小狗放在自己圆滚滚的肚子上。大成松软的肚子像张弹性十足的床，小狗开心地在上面一摇一晃地走起来。

小狗真是太可爱了，耳朵像餐巾纸一样折成三角形，鼻头黑油油的。

罗大成轻轻地挠了挠小狗的下巴，小狗伸出粉嫩的小舌头，舔起了他的手。

"嘻嘻，好痒啊！"

罗大成怕妈妈发觉，把房间稍微整理了一下。

他拿出一个小箱子，在里面铺了条毛巾，把小狗放到毛巾上。

"再忍耐一下吧。哥哥会尽快找一个可以养你的秘密基地。现在哥哥要去补习英语了。"

罗大成把箱子推进床下，匆忙赶向英语补习班。

从英语补习班回家的路上，大成在路边的商店买了罐牛奶。之前他一直喂小狗上次在家托管时留下的奶粉，现在奶粉都吃完了。

"奶粉和牛奶差不多，应该没问题吧。"罗大成一回到家，就给小狗倒了牛奶。

"怎么样？味道还不错吧？"

不一会儿，小狗就舔完牛奶，进入了梦乡。罗大成又把箱子推进床下。

就在这时，回家做晚饭的妈妈推开了房门。

"儿子，肚子饿了吧？"

"没……没有。"

罗大成担心小狗被吵醒后会叫，心里暗暗祈祷："求你了，求你了，快点关门吧！"

　　内心慌乱不已的大成假装轻松地说："看看，我的房间干净吧？以后这间房我就自己打扫啦！对了，今天我在英语补习学校也认真学习了哟。"

　　见大成一反常态，妈妈困惑地歪了下头。

　　"决心倒是不错。咦，你房间怎么有股奇怪的味道？你没有通风吗？做卫生的时候要记得开窗通风。"

　　"嗯，知道了。现在打开。"罗大成赶紧起身去开窗。

　　妈妈准备晚餐时，大成担心妈妈发现小狗，一直在她身边走来走去。

　　"英语补习学校怎么样？能坚持下来吗？不能像上次那样上了两次课就说不去了，知道吗？报名费可是很贵的。"妈妈一边飞快地切着菜，一边问大成。

　　"我又不是无缘无故才中途放弃的，我是有理由的嘛！"

"那别人是因为没有理由才坚持去上课的吗？谁会像你一样，连一周都坚持不到就放弃了？"

"知道了，知道了。"罗大成不想跟妈妈拌嘴，赶紧举了白旗。

"对了，你去帮妈妈买点东西吧！妈妈忘记买豆腐了。"

"不吃豆腐不行吗？还要去买，太麻烦了。随便吃点算了。"

"还是去一趟吧！"

"给我钱。"罗大成不情愿地伸出手。

罗大成正要下楼，爸爸回来了。

"爸爸，晚饭还没做好。我现在正要去买豆腐……"

"是吗？赶紧去吧！洗衣店的门有点歪了，要修一下。扳手和钻孔机在哪里来着？"

罗大成突然有种不祥的预感。他赶紧拖着胖胖的身子跑着去买豆腐，一路上都忐忑不安。

"妈妈，豆腐……"罗大成喘着气打开了门。

爸爸正在阳台问妈妈："不在这里啊！到底放哪儿了？"

"那里没有吗？难道在大成的房里？"

爸爸推开了大成的房门。

"不行！"罗大成边脱鞋边喊。

"怎么了？突然大喊大叫的。"妈妈出来接下罗大成手中的豆腐。

"瞧瞧，豆腐都被你晃碎了，怎么这么不小心！"

见爸爸进了自己的房间，大成只听到心在扑通扑通地跳，完全没听到妈妈的唠叨。

罗大成硬着头皮跟在爸爸后面进了房间。

"大成，这是什么味道啊？"爸爸在房间里嗅来嗅去，试图找出味道的出处。终于，他掀开床单拉出了箱子。

"这是什么？"爸爸看了一眼箱子，随即惊讶地大叫，"罗，大，成！"

他的声音差点把罗大成的心脏震出来。

大成的两条腿开始哆嗦。

"从宠物医院拿走小狗的竟然是你！没想到我
儿子居然会做出这种事！"

爸爸把小狗从箱子里抱出来。箱子里都是小狗
拉的稀屎。爸爸还在床脚边发现了包着狗屎的纸
团。

"你现在马上跟我去把小狗还了。"爸爸抱着小
狗往宠物医院去。

"实在很抱歉。这个淘气的孩子真是……总之，
太抱歉了。我居然养出了个小偷。"

郑院长双手交叉抱在胸前，若有所思地看着罗
大成。

"还不赶快给我向院长赔罪！"

"对……对不起。看到寻找领养人的公告，我怕再也见不到它，就……就……我不是故意的，真是对……对……对不起。"罗大成抽泣着，话都没办法好好说了。

"但是就算是那样，也不能一声不吭就抱走啊。"

"对……对不起。"

罗大成向郑万寿院长道了歉，跟着爸爸回到家。一进家门，爸爸就拿出了藤条。

"你为什么要把小狗带回家？既然带回来了，就好好养它，可你连狗屎都不好好清理！不管做什么，你都不用心！不论做什么，你都不努力！你有资格做小狗的主人吗？如果小狗生病死了怎么办？"爸爸一边说，一边抽打罗大成的小腿。

"对……对不……不……起。因……因为……太……可……可爱……了……了……啊！"罗大成一边哭，一边随着抽打的频率解释道。

在一旁看着的妈妈心疼地问："大成，你真的那么想养小狗吗？"

罗大成没有说话，只是点着头。

"你能坚持养小狗吗？小狗可以活十几年呢。"

罗大成无法自信地回答妈妈的这个问题。

吃完晚饭后，爸爸下楼回到洗衣店。妈妈洗碗后也去洗衣店了。

罗大成带着哭肿的眼睛早早地上了床，可他翻来覆去怎么也睡不着。天花板上的荧光星星发出寂寥的光。

一直到深夜，才听见爸爸妈妈进门的声音，大成赶紧闭上眼睛，假装睡熟了。

他听到爸爸悄悄推开房门，叹了口气，低声说："那小子，真不知道为什么会这么我行我素，跟谁学的呢？"

"还会有谁？那孩子不就是你的翻版嘛！"

这个时候最要毅力

我家孩子特别讨厌数学。

做数学题时，他只要碰到稍微难一些的题目，就会说"我不会做"，然后放下笔。

每当听到他说这样的话，我就会说：

"这世界上，多的是比这道题更难的题。你不能放弃。"

见孩子遇到困难，我真的忍不住很想帮帮他，但我更希望他能靠自己的力量去战胜困难。

加油吧，孩子！

你真的努力了吗

决定为一件事努力到底的身影是最美的。
就算那件事情最终失败了，
在努力的过程中，你一定会有意想不到的收获。
耐心地等待也是一种"毅力"，
因为种下种子后，需要时间才能收获到果实。
想做成一件事，需要忍耐和持之以恒的努力。

4. 一对懒兄弟

"好吧，兄弟本来就该很像，你和我是懒兄弟，所以你就叫鲫鱼饼吧！很好。"
罗大成开心地叫着小狗的名字，"鱼饼，鱼饼，鲫鱼饼！"

雨从凌晨就下起，越下越大。这雨是在催促秋
天快点来。屋外，风刮得很猛，连窗户都哐当作响。
罗大成拿着雨伞走下楼梯。

"唉，真是懒得去学校啊！"罗大成站在楼梯口，
边撑雨伞边嘀咕。

接着，他将本应该走向学校的脚步移向宠物医
院。贴在医院橱窗上的纸掉在地上被雨打湿了，上
面的字也变得模糊不清。

宠物医院的橱窗布满雾气，还拉着纱帘。罗大成能隐约感觉到里面有小狗在走动。

　　罗大成想看得更清楚些，他用袖子擦了擦橱窗，把脸紧贴在橱窗上。

　　"呃，对，再往这边走一点……看看那尾巴！哎哟，真可爱。"

　　就在这时，传来有人匆匆忙忙下楼的声音，接着爸爸出现在大成眼前。大成没在意，继续贴着橱窗往里望。

　　"罗大成，还不赶紧去学校，在那里干什么？"

　　罗大成突然觉得很不耐烦。

　　"哼，连看一眼都不行吗？"他不情愿地朝学校跑去，雨伞差点被大风吹翻。

　　爸爸骑着摩托车跟上来，喊了一句："你这小子，小心一点。"

　　看着爸爸驾着摩托车在雨中急驰而过，大成心里有些担心。

　　"看来又没有及时去派送……"罗大成埋怨着在

雨中急急忙忙派送衣服的爸爸。

　　罗大成来到学校，推开教室门。同学们正聚在黄欣儿的周围热烈地讨论着什么。

　　"发生什么事了？"

　　罗大成好奇地把头伸向人堆，想要听听她们在讨论什么。

"你没必要知道！"黄欣儿没好气地答道。

罗大成看到了她用手机拍的小狗的照片。

"小狗？我家也有小狗，有什么了不起的！"

听到这话，黄欣儿把小狗的照片凑到罗大成眼前说："我家的小将是马耳他犬，你家的小狗是什么品种？"

罗大成搞不清小狗的品种，因为他从来都没问过郑院长。

"不知道，那又不是很重要。我家的小狗很聪明，很漂亮，很可爱。"

坐在前面的成义泽兴奋地扭过头问罗大成："真的吗？我能去看看吗？真的有那么漂亮吗？"

"嗯。"罗大成没底气地应了一声。

"唉，罗大成，你怎么还说起谎话了……"罗大成不禁有些自责，但是已经没有办法了，覆水难收，说出去话收不回来。

这时，黄欣儿故意提高嗓门说："他家的狗应该是杂种狗吧？不然他怎么可能连小狗的品种都不知道？"

罗大成虽然一肚子火，但还是闭上眼睛忍住了。

"这家伙简直是我的冤家，是自我感觉良好的大魔王，不对，是自以为是的老巫婆！"

"实爱啊，你仔细看看，它真的好可爱。"黄欣儿把手机里的照片拿到坐在旁边的成实爱面前，"你不知道这只小狗有多聪明！想看吗？要不要今天来我家看小狗？"

"我也想去！"

"欣儿，我也是！"

围在黄欣儿身边的女同学们争相恳求。

放学的时候，天已经放晴了。罗大成正要走出校门，成义泽喘着粗气追上来。

"喂，你是不是把雨伞落在教室了？"

成义泽把罗大成的雨伞递给他。

"对呀，谢谢你。"罗大成接过雨伞，挠了挠后脑勺。

"如果他说想要去看小狗怎么办？"罗大成担心自己的谎言被揭穿。

"成义泽，今天你不是还要去补习班上课吗？不用赶快过去吗？"

"嘘，我妈妈去外婆家了，今天和明天都不在家，这段时间我可以想做什么就做什么。我和补习班的同学约好了去来一局电动游戏，你要不要一起去？"

听到玩游戏，罗大成有点心动，但马上摇了摇头。

"我先回趟家，晚一点打电话给你。"

说罢，罗大成尽全力加快脚步往家走。他一直担心成义泽会跟过来要去看小狗。虽然裤子被走路时溅起来的水花打湿了，但罗大成管不了那么多了。

罗大成喘着粗气站在宠物医院的橱窗前。小狗一见到罗大成就摇起了尾巴。

"看来你还认得哥哥！"

从洗衣店出来抖衣服的爸爸恰巧看到罗大成，无可奈何地喊道："你这小子，又站在那里看什么？"

"只是看看都不行吗？"

"是啊，不行。我怕小狗变得跟你一样懒！"

"爸爸太讨厌了！"

罗大成气呼呼地跑上楼。

第二天，第三天，只要一有空，罗大成就在宠物医院的橱窗外看小狗。

郑院长贴在橱窗上的寻找领养小狗主人的公告也被罗大成偷偷撕了下来。不过，若要人不知，除非己莫为。

那天大成正要撕公告，被郑院长抓了现行。

"嗯，原来犯人在这里啊。跟我进来吧。"郑院长的声音很平静，但是很威严。

罗大成万分紧张，觉得这是暴风雨前的平静。他倒希望郑院长像爸爸那样直接责骂自己一番。罗大成忐忑不安地走进宠物医院，感觉自己就像正被拉进屠宰场的羊。

"喜欢可可吗？"郑院长的声音十分温柔。

罗大成没有说话，只是点了点头。郑院长把一杯热可可递到罗大成的面前。

"喝吧。"

罗大成没有说话，默默地伸出手接过杯子。大成本来全身都在发抖，现在手握暖暖的杯子，感觉连心都变得暖和起来。

"真的那么喜欢小狗吗？"

"嗯！非常非常喜欢。"

"是吗？那你要不要养它呢？"

"唉，上次您不是也看到了吗？不可能的。我家里不会同意的。"

"嗯，如果你能遵守和叔叔的约定，我就帮你说服你爸爸。叔叔可是有办法说服你爸爸呢。"郑院长笑着说。

"真的吗？"

郑院长点了点头，看起来胸有成竹。

"嗯，只要是我能做到的，不管是什么我都答应。要和叔叔约定什么事？"

"你爸爸说你太懒，无法相信你，叔叔可以相信你吗？如果在养小狗的过程中你嫌太麻烦，扔了它怎么办？"

"不会的，不会的。我怎么会把小狗扔了呢？我无法理解那些遗弃小狗的人，他们怎么能把自己养过的小狗扔掉呢？"

"真的吗？你不会中途放弃吧？"

"绝对绝对不会，永远永远不会发生这种事情，我可以对天发誓。"

郑院长点了点头。罗大成满怀期待地望着他。

"最好是我能轻松办到的事情……"

"我给你一个任务，就是训练小狗排便，你要教会它在指定地点大小便。这当然要在指定的期限之内完成。期限是一个月。一定要靠你自己完成任务，不能靠爸爸妈妈。你觉得为了完成叔叔交给你的任务，你最需要什么呢？"

　　"……"罗大成思考着。

　　"书？是不是要买一本训练小狗的书？"

　　"哦，买书当然对你有帮助了。不过，叔叔觉得你最需要的是毅力。要持之以恒，不能因为小狗不听你的话就责骂它。要好好教它，照顾它的时候要拿出你最大的毅力，耐心等待。你能做到吗？"

　　"拿出我最大的毅力，耐心等待……"

　　见罗大成没有马上回答，郑院长走到小狗跟前，笑着说："没有自信就算了。宝宝啊，看来你需要赶快找其他主人了。"

　　"不，不是的。我做得到，肯定能做到。"

　　郑院长朝罗大成眨了下眼睛，把小狗递了过去。罗大成将小狗紧紧拥在怀里。

"要好好养它哟。嗯，真是期待啊。"

"还没跟爸爸说呢，我可以把它带走吗？"

"赶紧上去吧。叔叔会负责帮你说服爸爸的。"

说着，郑院长把小狗的生活用品和狗粮交给罗大成。

"给，这些是叔叔送你的礼物。以后就给它喂狗粮吧。对了，不能喂它牛奶，因为小狗的肠胃不能消化牛奶。小狗如果一直拉肚子，会免疫力下降，甚至有生命危险。"

罗大成把小狗紧紧抱在胸前，开心得傻笑个不停。听着小狗的呼吸声，感受着它小小身体的温度，大成有种很奇妙的感觉。

到家后，大成把小狗轻轻地放在客厅的地上，将郑院长送的垫子铺在客厅的角落。小狗摇摇晃晃地走起来，没一会儿便在地毯上拉了一坨屎。

"不行！不能在那里拉！"

罗大成赶紧拿来纸巾，包起狗屎扔进马桶。罗大成怕爸爸妈妈又唠叨有臭味，急忙拿湿抹布擦。虽然狗屎脏兮兮、臭烘烘的，大成还是忍不住笑出了声。

"嘻嘻，可爱的家伙，不能随地大便哟。卫生间在那里，知道了吧？哥哥要去补习英语了，不要捣乱哪。"

罗大成打开了卫生间的门，用手指了指，接着就赶去上英语课。

罗大成上课时心不在焉，一直想回家。偏偏那一天老师拖堂，直到傍晚才下课。大成很想逃课回家，但为了不惹怒爸爸妈妈，只有忍住。

一打开家门，诱人的菜香扑鼻而来。

"妈妈！"

"儿子，谁让你把小狗带回来的？"

爸爸一言不发地坐在饭桌旁吃晚饭。小狗趴在垫子上，一动不动。

"那家伙，自己的主人来了怎么都不动？真是懒死了。"爸爸嘀咕着，"罗大成，你跟妈妈说，养狗的条件是你要认真学数学！"

"啊？养小狗和学数学有什么关系啊？"

妈妈把双手叉在腰上，问道："连数学题都不能按时做完的人，怎么能养好小狗？养小狗需要花费多大的精力呀！想要妈妈相信你，难道不要先好好学习吗？"

罗大成怕和郑院长的约定泡汤，赶紧回答："嗯，知道了。我会好好学数学的。"

这下妈妈对罗大成露出了笑脸。

"好吧，我相信你一次。"坐在饭桌旁的爸爸看着小狗，关心地问，"那家伙的动作怎么懒洋洋的啊？哎呀，这才慢吞吞地爬出来。哈哈，又慢吞吞又懒洋洋，和你一模一样呢！真是鲫鱼饼*啊，鲫鱼饼。干脆叫它鲫鱼饼算了！"爸爸咯咯咯笑了好一会儿。

大成觉得爸爸在嘲笑他，心里不爽，不过他倒

---

* 鲫鱼饼是一种鲫鱼形状的甜饼，里面裹着红豆馅。因为鲫鱼饼是按照一个形状的模板烤出来的，所以人们也用鲫鱼饼来形容长相或者性格很像的人。

觉得鲫鱼饼这个名字不错。

　　"好吧，兄弟本来就该很像，你和我是懒兄弟，所以你就叫鲫鱼饼吧！很好。"罗大成开心地叫着小狗的名字，"鱼饼，鱼饼，鲫鱼饼！"

鱼饼哥哥的主页

鲫鱼饼是我弟弟　今天的心情　开心 😊

我有了一个弟弟，名字叫鲫鱼饼（这个弟弟简直和我一模一样）！

我家鱼饼如果被放在客厅地板上，

就会像毛毛虫似的四处蠕动，

不知道它到底要干什么，想去哪里。

当然，它是世上最可爱的毛毛虫。

但是我家鱼饼有随地大小便的坏习惯。

肯定是因为它还小才会这样吧！

问题是它会在客厅的地毯上大便。

我妈妈可是很可怕的。

啊，在鱼饼被妈妈责骂之前，我得赶紧训练它。

有没有比较好的训练方法呢？

我不能在它每次大便时都跟着它，

它一天可不止方便一两次啊。

各位养狗达人，如果有什么好方法，请在下面回复我。拜托了！

⌄回复🅽　　⌄相关回复

☂ **小狗爱人**　鱼饼哥哥，鲫鱼饼这个名字太可爱了。
　　　　　　小狗的排便训练可不简单，你要做好心理准备。

☂ **鱼饼哥哥**　宠物医院的叔叔也和我说过 "等待" 是最重要的，原来是让我做好心理准备
　　　　　　的意思。

你真的**努力**了吗

5. 我讨厌等待

"啊，真的懒得去做啊！难道没有不学习就活下去的办法吗？鲫鱼饼啊，哥哥要是不学习就能自动变聪明该多好啊！"

"你做了数学作业吗？"成义泽见到罗大成就问。

"有数学作业吗？"

黄欣儿扭过头来，鄙视地望着罗大成，带着一副无可救药的表情说："数抛人怎么可能自己做作业？"

看到罗大成因为被人戳中软肋而满脸通红，成义泽忙打圆场："呵呵，其实我也没做。我们去洗

68　你真的努力了吗

手间吧。啊，我真的很急……"

见罗大成气咻咻地站在一边没吱声，成义泽只有自己跑了出去。

成实爱趁同学们在说笑，把自己的作业本递给罗大成，低声说："老师过一会儿才会来，快点做作业吧！"

罗大成用数学课本挡住成实爱的作业本，急忙抄起作业来。可能是运气好，直到他抄完，老师都还没进教室。

"谢谢你。"罗大成把作业本悄悄还给成实爱。

这时，黄欣儿瞥了他们一眼，怪声怪气地说："哟，你们在做什么呀？气氛好诡异，你们是在交往吗？"

"什么啊，真是……别瞎说。"成实爱拍了下黄欣儿的背。

黄欣儿转向罗大成，问："如果不是，你耳朵根子红个什么？"

"才不是呢！你这个多管闲事的老巫婆！"

"你这么生气，更让人怀疑。"黄欣儿不依不饶。

"你……简直……"罗大成鼻头开始冒汗，胖乎乎的脸蛋涨得通红，看起来又愤怒，又尴尬。

碰巧这时成义泽推开教室的门，边跑边大声宣布："老师来了！"

成天泽大概是在洗手间玩了水，衣袖和领口都湿了。

下课后，罗大成戳了一下成义泽的后背，问："喂，今天要不要来我家？我给你看我家的小狗。虽然它不是很名贵……"

"不行，上次逃补习班的课被我妈妈发现了。我今天要准时回家，不然就死定了。"

罗大成望着成义泽的背，怅然若失。

一放学，罗大成赶紧背上书包。

平时，罗大成懒得跑一步，可今天他却脚步越来越快，等回过神来，已经不由自主地开始奔跑了。

一推开家门，大成便兴奋地叫唤鲫鱼饼："鱼饼，可爱的鱼饼，鲫鱼饼！"

鲫鱼饼摇着尾巴扑向罗大成。

"哎哟，可爱的小家伙！"

罗大成突然看到地毯上有狗屎，他把脸一板，生气地大叫："喂，鲫鱼饼！不能在这里方便！那里才是洗手间。"

罗大成指了指洗手间，可鲫鱼饼完全不理会，一个劲儿地摇尾巴。

"你这小子！大便也要在那里，小便也要在那里，懂了吗？你要是再随地方便，我就把你的名字改了，叫你'狗屎王'！"

罗大成放下书包，连忙开始准备狗粮。郑院长说每隔四个小时喂一次是最好的，为了能让鲫鱼饼准时吃饭，罗大成每天放学都急急忙忙往家赶。

"鲫鱼饼啊鲫鱼饼，你真是遇到了好哥哥。连我自己都不一定能每天准时吃饭呢！"

罗大成把地毯上的狗屎捡起来扔掉，然后用抹布努力把地毯擦干净。这时，门锁响了，大门开了。

是妈妈和一个陌生人。

"罗大成，已经回来了啊！这位是数学老师。来打个招呼。"

罗大成听到"数学老师"这个词，脑袋顿时一片空白。

"今天开始你要补习数学了，要好好听老师的话，知道了吗？"

"你为什么不和我商量一下？"

妈妈横了罗大成一眼，警示他不要多嘴。

"啊，可怜的我！"罗大成无可奈何，只有接受，不然妈妈一定会把鲫鱼饼送回宠物医院。

数学老师决定一周来上两次课。

"鲫鱼饼，哥哥因为你都开始学数学了。"罗大成小声对鲫鱼饼说。

妈妈回洗衣店了，罗大成和数学老师一起坐到书桌前。

"知道过一阵子会有数学竞赛吧？"

听到数学竞赛，罗大成感觉胸口被什么东西堵住了。

"老师，让我参加数学竞赛只会让你白费力气。我不是学数学的料，我是被数学抛弃了的'数抛人'。"

"怎么听起来这么奇怪，既然是超人，不是应该什么都能学好吗？"

"老师，不是'超人'，是'抛人'。数学的'数'，抛弃的'抛'，'数抛人'。"

"原来是这样。不过，当无所不能的超人不是更好吗？"老师把手环抱在胸前，认真地望着罗大成说，"如果按老师说的去做，你也能成为超人的。"

老师真挚的眼神让罗大成感到了负担，他不禁挠了挠后脑勺。罗大成从来都没为数学下过什么功夫，一想到要被迫参加数学竞赛，他觉得喘不过气来。

数学老师把脸凑到罗大成的面前，说："到数学竞赛那一天为止，每天做十道题，知道了吗？"

"这不可能。我要做的事情很多，不可能做十道题，而且还要每天都做。"

"嗯，好吧，那就做七道题。怎么样？"老师仔细想了想，点了下头，"还是很为难吗？好吧！那就五道题。不过，既然约定好了，不遵守约定就得受罚。要规定什么惩罚呢？"

罗大成噘着嘴一言不发。数学老师似乎没有注意到他的表情，瞧了一眼趴在地上的鲫鱼饼，说："你妈妈说，如果你不好好学数学，就把小狗送走。为了这只小狗，你会努力的，是吗？"

罗大成心里百般不情愿。数学老师自顾自地说："做五道题的任务从今天开始。每天做一点，有一天你会认为数学其实也很有趣。今天是第一天，我们就到此为止。"

"这个数学老师实在太烦人了！如果我不做作业，他肯定会告诉妈妈，妈妈肯定会马上把鲫鱼饼送回去。啊，我可怜的童年！哦，我的快乐时光就这样结束了！爸爸妈妈，你们为什么要这样做！"

听着数学老师下楼的脚步声渐渐远了，罗大成躺在客厅的地板上尖声大叫："啊，真的懒得去做啊！难道没有不学习就活下去的办法吗？鲫鱼饼啊，哥哥要是不学习就能自动变聪明该多好啊！"

说话间，鲫鱼饼就在客厅里的花盆旁撒起了尿。

　　"喂，不行！只能在洗手间小便！"罗大成突然大叫起来。

　　鲫鱼饼吓坏了，连忙躲到沙发下面。

　　罗大成拿纸巾和抹布把地板擦干净，然后叫唤藏在沙发底下的鲫鱼饼："鲫鱼饼，对不起，被哥哥的声音吓坏了吧！"

　　鲫鱼饼躲在沙发下，发出呜咽声。

　　罗大成把准备好的狗粮拿过来，鲫鱼饼这才摇着尾巴怯生生地从沙发底下爬出来。

罗大成抱起鲫鱼饼，脸对脸使劲地蹭了蹭。

"你这小子，可爱死了。以后不要再躲起来了。还有，拜托你了，大便和小便去洗手间解决吧，不然他们会叫你杂种狗。如果有人叫你杂种狗，你会开心吗？"

罗大成看着鲫鱼饼，觉得就连他伸出来吃东西的粉粉的小舌头都那么可爱。

登录

鱼饼哥哥的主页

把鲫鱼饼变成名犬的大作战（第四天）今天的心情　痛苦 ☹

http://www.bbang.co.kr/blog/d001

本周的目标　　　让鲫鱼饼学会上洗手间。

本周的训练内容　反复练习：在鲫鱼饼想大小便的时候，马上带它到洗手间。
　　　　　　　　用味道引诱：把有鲫鱼饼粪便味道的报纸放在洗手间。

鲫鱼饼今天又在客厅撒了尿。

这是这一周来的第十一次！

为什么怎么训练它都学不会呢？

我到底该怎么办哪！

我不能一整天都盯着鲫鱼饼，看它什么时候大小便呀！

啊！真痛苦啊！为了让妈妈不反对我养鲫鱼饼，我每天都要做五道数

学题！可鲫鱼饼根本不体会我的难处，还是随地大小便。

人生真是一场炼狱啊！

∨ 回复 N　∨ 相关回复

⬆ 小狗爱人　鱼饼哥哥，看来你很烦恼啊。其实在养小狗的时候，毅力很重要。上次宠
　　　　　　物医院的叔叔说过的"等待"，肯定是指就算心烦也要忍耐，也要在一旁
　　　　　　好好引导。小狗学会在洗手间大小便得花很长时间，因为它需要反复学习
　　　　　　呀！怎么可能几次就做好呢？要训练，训练，再训练哟！
　　　　　　其实，养小狗的人都会在训练时煞费苦心。你不是说这一周鲫鱼饼随地大
　　　　　　小便的次数只有十一次吗？和其他人比起来，你的付出已经有成果了。来，
　　　　　　让我们一起喊一声"加油"吧！加油！

⬆ 鱼饼哥哥　真的吗？其他人的情况更糟吗？那我真是万幸。谢谢你给我加油！

⬆ 小狗爱人　看来不只鲫鱼饼需要，鱼饼哥哥也需要培养耐心等待的习惯啊！

⬆ 鱼饼哥哥　但是耐心等待真的很不符合我的性格。

6. 忍耐是苦的

"我就算说了几百遍，能有什么用？只是嘴巴会疼罢了！
喂，就是因为这样，你才会被人瞧不起，不是吗？"

"罗大成，快起床！鲫鱼饼已经起床了！"还在
梦乡中的罗大成一听到妈妈的喊声便睁开了眼睛。

"要快一点！"罗大成赶紧起身，带着鲫鱼饼
去洗手间。他在地上铺了张报纸，把鲫鱼饼放在上
面。

已经过了一个星期，鲫鱼饼还在随地大小便。就
算是罗大成每天早上都带它去洗手间也无济于事。

"鲫鱼饼，记住，一定要在这里解决！"罗大成

边刷牙洗脸，边监督鲫鱼饼。

鲫鱼饼好像并不想上厕所，自顾自地撕咬报纸玩耍着，最后干脆躺在了报纸上。

罗大成洗漱完毕，鲫鱼饼还是老样子。

"唉，你这个懒鬼。"他不由自主地叹了口气，"这里是床吗？这是你方便的地方，你怎么能躺在这上面呢？嘘——嘘——快点，嘘——"

鲫鱼饼只是眨了眨眼睛。

"好吧，好吧，等你想方便的时候再来吧！尿急的时候一定要在这里嘘嘘，知道了吗？"

罗大成打开了洗手间的门，鲫鱼饼慢悠悠地跟出来，接着大模大样地在地毯上撒起尿来。

"哦，我的天！"罗大成简直绝望了。

这时爸爸十分严肃地说："这家伙怎么还到处大小便？如果你没有信心好好养它，就趁早把它送回去！哎哟，都怪那家伙，客厅里全是尿臊味。"

"再这样下去，爸爸妈妈真的会把鲫鱼饼送回去的！要尽早完成排便训练才行！"罗大成忧虑地拾起洗手间的报纸，把它放到鲫鱼饼刚刚撒尿的地方，用手摁了摁。报纸里渗进了鲫鱼饼的尿。

罗大成把报纸拿回洗手间，铺在地上，打开门小声央求鲫鱼饼："求求你了，鲫鱼饼，要在洗手间方便，知道了吗？"

这真是一个让人筋疲力尽的早晨。不过，就算再累也不能抱怨，不然爸爸妈妈肯定又会说要把鲫鱼饼送回去。

罗大成走到自己的座位旁，一屁股坐下去，随即无精打采地趴到课桌上。

"我们的罗大成先生怎么一大早就昏倒了？一定是因为昨天看了电视里的比赛吧！"成义泽打趣他。

"什么？你看了？都让你不要看了，太丢脸了。"罗大成一想到成实爱、成义泽兄妹看了节目，脸不由得发烫起来。

"成实爱八成也知道我在比赛里出糗的事了。"

罗大成觉得没脸见成实爱了。

他偷偷瞥了一眼成实爱，没想到不小心眼神和黄欣儿对上了。罗大成赶紧装作没看见，把头别了过去。

黄欣儿和成实爱正脑门对脑门，开心地玩着报纸上的文字接龙。

"真是的，为什么要播呀？本来大家都快忘记这件事了。"罗大成埋怨起了电视台。

为了转移大家对电视智力大赛的注意，罗大成故意提到鲫鱼饼。

"我们家的小狗总是在客厅大小便。"罗大成拍了拍成义泽的背，把身子凑上前低声说，"它以为那里就是洗手间。我都不知道该怎么办了。我在洗手间铺了报纸，也骂过它，但是一点效果都没有。"

黄欣儿突然抬起头，语气傲慢地说："喂，罗大成，所以说你们家的狗是杂种狗。我们家小将才来了我家一天就学会在洗手间方便了。没有血统的小狗就是很难养！"

黄欣儿一说完就咯咯咯笑个不停，好像特别爽。

"偷听别人说话是你的特长吗？你干吗对别人的事情那么关心？"罗大成觉得黄欣儿很讨厌。

罗大成虽然很生气，但却无法反击黄欣儿，因为他想起前几天从宠物医院叔叔那里听来的话："嗯，鲫鱼饼是一般人们说的杂种狗，如果要追寻血统，应该比较接近哈巴狗。"他只有在心里默默嘀咕："这个爱管闲事的老魔女，一大早就让人发火。"

罗大成在心里暗暗撂下狠话："等着瞧，我要好好训练鲫鱼饼，证明它比纯种狗还厉害。"

罗大成打开了玄关的门。

鲫鱼饼摇着尾巴朝他跑过来。

罗大成举起鲫鱼饼，把它抱在胸前。

"哎哟哟，可爱的鲫鱼饼！看到哥哥回来很开心吗？"

可是，就在这时罗大成看到地毯上有一小块狗屎。

你真的努力了吗

　　"我就算说了几百遍，能有什么用？只是嘴巴会疼罢了！喂，就是因为这样，你才被会别人瞧不起，不是吗？"罗大成站着数落鲫鱼饼，"鲫鱼饼啊，鲫鱼饼！求求你别让哥哥失望了！"

　　鲫鱼饼似乎不明就里，在愤怒的罗大成面前摇起了尾巴。突然，罗大成闻到鲫鱼饼身上有股难闻的味道。他把鼻子凑过去，想闻闻到底是什么味道。

　　"哇，你可不是一般的臭！是不是该洗澡了？"

　　鲫鱼饼伸出粉红的小舌头舔起罗大成的脸来。

　　罗大成翻出郑院长送给他的小狗生活用品，在

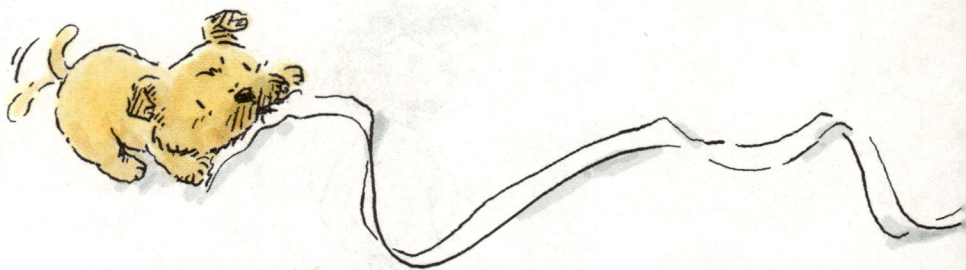

里面找到一瓶用黑笔写着"小狗沐浴乳"的瓶子。瓶子上全是英文，要不是这几个字，罗大成差点就找不到了。罗大成赶着在去英语补习班前给鲫鱼饼洗了个澡。

　　英语补习结束，罗大成回到家，刚打开门，就听到了妈妈气急败坏地大叫："罗，大，成！"

　　"妈妈，这么早就吃晚饭吗？"明知妈妈正在发火，罗大成佯装不知，顾左右而言他。

　　"罗，大，成！"

　　"怎……怎么了？"

　　"为什么会那样？"妈妈用手指着鲫鱼饼在地毯上留下的便便，大喊道。

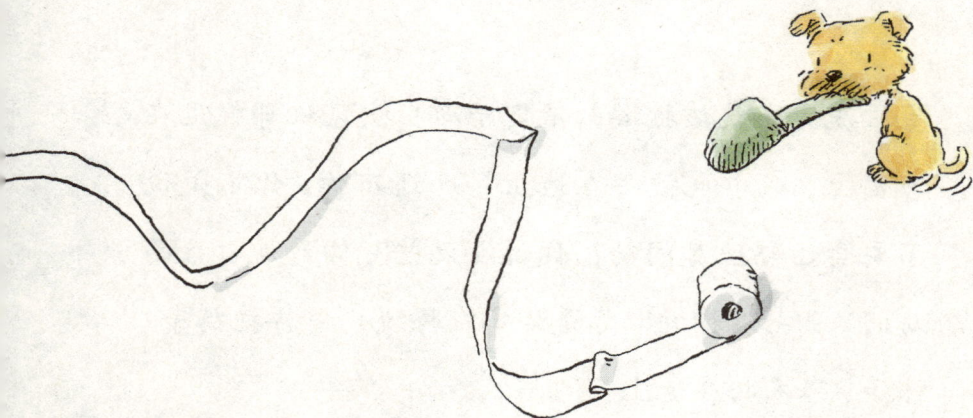

刚才忙着给鲫鱼饼洗澡，罗大成忘了清理地毯上的狗屎。

"奇怪，才这么一会儿，它又方便了？"罗大成挠了挠后脑勺，一脸无辜。

妈妈再一次发动了机关枪："哎哟，真是快气死了！如果没把握养好，就送回去吧！这算什么？家里面全是狗屎味！你给小狗洗澡了吗？你去瞧瞧浴缸里的狗

毛！洗完澡就该把浴缸清理干净！吹风机那样甩在沙发上，毛巾也被丢在地上……还有你，你不是说了要自己整理房间吗？你说没说过？你看看自己的房间，乱七八糟的。你是蛇吗？像蜕皮一样把裤子、袜子、睡衣扔在地上？"

原来，罗大成给鲫鱼饼洗完澡后，没收拾干净就去了英语补习班。

妈妈的唠叨还没结束。

"对了，听补习老师说你连数学作业都不做，这样下去怎么行？把鲫鱼饼抱过来！"

"别……妈妈，我错了！真的对不起。宠物医院的郑院长要我在一个月之内完成鲫鱼饼的排便训练，我是把注意力放在训练上才……对不起，妈妈。还有，数学补习课不是才上了三次吗？我把作业都补上，你就再给我一次机会吧！以后我真的会好好做的！"为了不让妈妈抢走鲫鱼饼，罗大成抱着它一边躲一边哀求。

登录

鱼饼哥哥的主页

HAPPY DAY

把鲫鱼饼变成名犬的大作战（第十天）今天的心情 痛苦

http://www.bbang.co.kr/blog/d001

本周的目标　　　所有作息按训练时间表执行。
本周的训练内容　让鲫鱼饼在规定的地方大小便。
　　　　　　　　让鲫鱼饼按时吃三餐。

训练鲫鱼饼这小子真是太累了。

就这件事都已经快累死我了，妈妈还让我补习数学，自己打扫房间。

我每天都要做五道数学题，每两天就得清扫一次房间！

说实话，给小狗洗澡，带它上洗手间，喂它吃饭，这些事真累人！

但是妈妈却不管这些，逮着机会就唠叨我。

这世界上真的没有一个人是站在我这边的！太郁闷了！

⌄回复 ⌄相关回复

⬆ **小狗爱人** 这才过了十天而已嘛！别为妈妈不理解你而郁闷，再努一把力吧！改变自己可不是那么容易的事，人们不都说"江山易改，本性难移"吗？努力是苦的，但它的果实是甜的。继续努力下去，肯定会有好结果。

⬆ **鱼饼哥哥** 小狗爱人，我真的觉得很辛苦呢！不过我很好奇，努力的果实究竟会有多甜？

这样做，
你将有源源不断的毅力

当你没办法顺利完成计划时，请试着想一想，是不是计划中有一些靠自己现在的力量完成不了的事。如果是这样，就更改计划重新开始吧！

如果你每天都很好地完成了计划，别忘了给自己一些小小的奖励哟！奖励可以是买一块一直舍不得买的巧克力，或是在衣橱里挑一件最喜欢的衣服穿上。去做会让你开心的事吧！

你真的

努力

了吗

哪怕是在觉得自己的愿望几乎不可能实现而灰心痛苦时，也不要失去"我可以做到"的信念。不妨大声告诉自己："我可以做到，我可以做到，我可以做到！"

你有什么渴望达成的愿望吗？把它们记在笔记本上，再一一写下达成这些愿望需要去做的事。

7. 不要放弃

"到底想要我怎么做？不管了，不管了，没一件事不麻烦！"
罗大成提不起劲干任何事。他瘫在床上，连英语补习班都没去。
鲫鱼饼在身边撒娇他也没搭理。

为了训练鲫鱼饼，罗大成制作了魔鬼作战计划表，把它贴在墙上。这样鲫鱼饼什么时候要吃饭，什么时候会排便，一目了然。几天后，他似乎对鲫鱼饼去洗手间的时间心里有数了。

"啊，是鲫鱼饼要上厕所的时间！"罗大成一起床就急忙跑向洗手间。

鲫鱼饼听到开门声，抬起了头。

"鲫鱼饼，快！"

听到叫唤，鲫鱼饼跑向洗手间。它一进洗手间，罗大成就关上了门。

罗大成打算鲫鱼饼不排便就不给它开门，还有，如果它再随地排便，就斥责它一通。进洗手间时，大成手上拿了根用报纸卷成的棍子。他总算明白了，都怪平时自己心太软，爱把鲫鱼饼放出去，再这样下去，鲫鱼饼是不可能学会在洗手间上厕所的。

"鲫鱼饼，哥哥今天也会在这里解决，你也要在这里上厕所啊，懂了吧？"罗大成边解手，边偷偷观察鲫鱼饼。

罗大成的努力终于有了成果，鲫鱼饼在报纸上小便了！

"成功了，就是这样！我可爱的鲫鱼饼，做得太好了！"罗大成很开心，裤子都没提好就欢呼着跑了出去，到爸爸妈妈的面前炫耀起来，"妈妈！爸爸！鲫鱼饼在洗手间尿尿了！"

"是吗？"爸爸似乎不相信。他一边推开卧室的门，一边伸着懒腰说："这才第一次，用不着这么夸张吧！"

"哎哟，不管什么事都是开头最重要嘛！对不对呀，妈妈？"

妈妈穿着拖鞋吧嗒吧嗒往厨房走，没好气地说："不好说啊，罗大成做什么事，开头好像也不错，但从来没坚持下来过。鲫鱼饼既然像你，呵呵……"

"哼，爸爸妈妈真是……"被泼了一盆冷水的罗大成泄气地坐到地上，心里无比委屈。

鲫鱼饼跑过来，在罗大成身边摇起了尾巴。罗大成伸出手抚摸它的头。这下，它一翻身躺下来，撒起了娇。罗大成轻轻挠着它的小肚子，它似乎心情很好，伸出了粉红的小舌头。

"鱼饼，以后也要在洗手间大小便，知道吗？不要再让哥哥丢面子了。真是万幸，没有超过和郑院长约定的一个月期限。"

罗大成想告诉郑院长鲫鱼饼会在洗手间小便了。在去学校的路上，他特意去敲了敲宠物医院的大门。

好像医院还没有开门，从橱窗的窗帘缝隙里只看得到几只小狗。

罗大成很兴奋，一整天都挂着笑容。午饭有罗大成最讨厌吃的菠菜，他连菠菜叶都吃得干干净净。

"罗大成，有喜事临门吗？你一整天都像傻子一样笑。"

虽然黄欣儿话中有刺，但罗大成觉得似乎没感觉到。

"嗯，我们家小狗终于在洗手间尿尿了。"

"如果不是杂种狗，早该这样了。"

"别叫鲫鱼饼杂种狗。我们家的鲫鱼饼还只是婴儿。难道你还是婴儿的时候就自己上洗手间吗？"

不知道黄欣儿是不是觉得这句话说得也对，她扭过头去，没有再说什么。

过了一会儿，罗大成戳着黄欣儿的后背问道："喂，黄欣儿，你们家的狗吃什么？"

黄欣儿一脸傲娇地答道："我家小将只吃狗粮。"

"是吗？我也只给鲫鱼饼喂狗粮。什么时候可以开始喂它人吃的东西呢？"

"不能喂。狗粮是最适合狗吃的食物。要是给狗喂了人吃的东西，它大便的味道会更加难闻，还需要天天给它刷牙。还有，狗粮里有狗需要的各种营养成分，如果考虑到小狗的健康，狗粮才是最好的。哦，如果你一直喂小狗人吃的东西，它以后可能就不想吃狗粮了。"黄欣儿像小狗专家一样侃侃而谈。

"是吗？那你是怎么训练小狗的？"

"训练的时候我用香肠当奖励。坚持下来，训练效果挺不错的。"

难得罗大成和黄欣儿没吵起来，调皮的成义泽看着稀奇，忍不住想调笑两人一下。

"嘿嘿，你们两个好像吵着吵着，吵出感情了，这样下去，会不会交往啊？"

"说话用点大脑吧！"黄欣儿勃然大怒，也不好意思再和罗大成聊下去。

"喂，别再说了，一点都不好笑。"罗大成感觉很尴尬。

"小子，干吗突然发那么大脾气！你这样……呵呵……更可疑哟！"

黄欣儿回头鄙夷地说道："你们的对话真是幼稚，我都听不下去了。还有，罗大成，你家的狗是杂种狗，就算用香肠训练，应该也不会有什么效果吧！"

"喂，黄欣儿，你真是个管事婆！"罗大成回嘴道。

虽然被黄欣儿的话弄得有些不爽，但想到鲫鱼饼的样子，罗大成的脸上又不禁露出了笑容。

"啊！"罗大成打开玄关门，一声惨叫。

家里就像刚发生过战争似的，到处乱七八糟——垃圾桶被翻了个底朝天，垃圾落在四处，污水从里面流出来，报纸被撕成碎片散了一地，爸爸

的一只皮鞋和罗大成的一只运动鞋被拖到客厅正
中。

鲫鱼饼的狗粮盘子倒扣着，花盆倒在地毯旁，
里面的土撒得地毯上全是。

更让人生气的是，沙发底下还有鲫鱼饼的大
便。

"天哪！"罗大成双手抱着头，惨叫起来。

原本因为鲫鱼饼在洗手间上厕所而心情大好的
罗大成感觉自己的心情一下荡到了谷底。可鲫鱼
饼浑然不知，贴在他的腿上撒起了娇。罗大成正在

气头上，不禁一脚踢飞开心地咬着自己裤脚的鲫鱼饼。

"汪汪……"鲫鱼饼被甩到地上。

"我真是快要疯了！就是因为这样别人才说你是杂种狗啊！你就是永远学不会规矩的杂种狗，肯定是！"罗大成朝鲫鱼饼咆哮着。

鲫鱼饼吓得躲到沙发下不敢出来。

罗大成拿起爸爸的皮鞋，皮鞋上有深深的牙齿印，大成运动鞋上的线也被咬松了。

"喂，鲫鱼饼，不是说了要在洗手间排便嘛！还有，这是爸爸的皮鞋，不是你的玩具！"罗大成生气地大嚷，"我不想管了！"

这时，数学老师按响了门铃。

"哎呀，怎么这么乱？像被小偷翻过似的，这样能好好学习吗？"数学老师进门后看到家里的情形也吓了一跳。

"不关我的事，是鲫鱼饼那小子做的！"罗大成语气很不好。

老师上课时，罗大成有一搭没一搭地听，做题时也没动脑子。

过了一会儿，鲫鱼饼从沙发下窜出来，到处闲逛。它在大成和老师脚下转来转去，偶尔还蹭蹭他俩。

罗大成努力不受鲫鱼饼影响，可眼神却总是不由自主地瞟向鲫鱼饼。

数学老师终于无法忍受了："罗大成，集中注意力，认真解题！"

数学老师叹了口气，问："是小狗让你没办法专心吗？对了，你的作业做了吗？你不是答应老师每天要做五道数学题吗？"

罗大成低下了头。

"老师的要求很过分吗？五道题不是你同意的量吗？连自己承诺的事都做不到，你说该怎么办？今天就到此为止吧！希望下次我来上课时，你不是这个样子。"数学老师说完便生气地走了。

"到底想要我怎么做？不管了，不管了，没一件事不麻烦！"

罗大成提不起劲干任何事。他瘫在床上，连英语补习班都没去。鲫鱼饼在身边撒娇他也没搭理。

"你没去补习英语吗？"回家做晚饭的妈妈见大成在家很奇怪。

罗大成装作没听到。

"罗大成，看看家里成什么样了？！洗手间和客厅都被那个鲫鱼饼还是鲜花饼的家伙弄得乱七八糟！你说自己管小狗，难道你这样叫管吗？我早说了，你的话不能信。你从来都没努力坚持做过一件事！我抽空就把小狗送回去，你提前做好准备吧。"

瞬间，罗大成的脑中浮现出把鲫鱼饼送回去也没关系的想法："管他的，送回去就送回去，这个傻瓜杂种狗！"

吱——砰！是大门打开又关上的声音。

"难道妈妈真把鲫鱼饼送回去了？"罗大成惊得从床上一下跳了起来。真的看不到鲫鱼饼的身影了。

罗大成呆愣了一会儿，急忙跑下楼。

此时，他脑中浮现出鲫鱼饼的样子：闪闪发亮的眼睛，像黑豆一样黑油油的鼻子，有点短但很柔软的黄毛，三角形的耳朵，开心摇晃的短尾巴……

"无论如何都不能就这样把鲫鱼饼送回去。那么多天的努力不能白费。我还要向黄欣儿证明鲫鱼饼不是杂种狗呢！"罗大成主意已定。

"不行，不能把它带走！"大成推开宠物医院的门大叫。

爸爸妈妈正和郑院长围着鲫鱼饼聊天。

"很抱歉没有遵守约定。刚才我是想放弃，因为我真的太累了，真的太累了……"

爸爸大声咳了一下，走出了宠物医院。

妈妈也跟着走了出去。

郑院长面色凝重地盯着罗大成看了好一会儿才开口："爸爸妈妈说信不过你，怎么办？其实我也有点不信任你啦！你说你很努力，但是在其他人眼里并不是这样，你觉得应该怎么办？"

"我要怎么做你们才相信我？"此时，罗大成已经泪流满面。

郑院长想了一会儿，说："真的不能再相信你了。很抱歉，你还是放弃鲫鱼饼吧！"

说完，他冷漠地转过身。

"叔叔，对不起。请你再给我一次机会吧！"

"那么，给我展现你努力坚持的样子吧！"郑院长看了看罗大成，又看了看鲫鱼饼，"这样吧！下次小区的活动是攀登地义山。如果你能登上山顶，我就承认你是一个有毅力的孩子，可以养好一只小狗。"

罗大成擦了擦眼泪，问："地义山很高吗？"

郑院长点了点头，担心地回答："嗯，非常高。你凭现在的体力能登上去吗？你好像只要动一下就会气喘吁吁。"

"我一定会努力的。"罗大成看上去信心满满。

罗大成一如既往夸下海口，但这次，在内心深处，他隐隐替自己担心。

罗大成抱着鲫鱼饼回了家。回到房间后，他站在镜子前，脱去上衣。

　　"唉——"看着自己圆滚滚的肚子，他长叹了一口气。

登录

鱼饼哥哥的主页

把鲫鱼饼变成名犬的大作战（第十五天）今天的心情　加油

本周的目标　　　和鲫鱼饼一起跑步。
本周的训练内容　每天早上在小区公园跑十圈。
　　　　　　　　每天晚上爬一次楼梯。

我终于明白了"情人比冤家更可怕"这句话。

各位（虽然好像只有小狗爱人，嘻嘻）知道这段时间为了鲫鱼饼我有多费心吗？

这次那小子把房间弄得乱七八糟。

（数学老师看到那场景，差点晕倒了。）

爸爸妈妈气坏了，准备把鲫鱼饼还给宠物医院。我都急哭了。

如果我能把鲫鱼饼照顾得好一点，爸爸妈妈应该不会那么做吧。

为了鲫鱼饼，我要加把劲。

爸爸妈妈，还有宠物医院的叔叔好像都对我失望了。

啊，他们为什么都这样？我真的很努力了！

∨ 回复　∨ 相关回复

☂ 小狗爱人　你真的很棒。我还以为你会放弃鲫鱼饼呢！努力这么久，怎么能前功尽弃呢？千万不要放弃，你可以做到的！加油！

☂ 鱼饼哥哥　我唯一的读者，小狗爱人，我爱你！

8. 最讨厌麻烦的事情了

"什么？杂种狗兄弟？你敢再说一遍吗？"
罗大成把拳头伸到黄欣儿面前。

　　"喂，罗大成，你作业都做完了吗？"黄欣儿用她的超大嗓门问。

　　"什么作业？"

　　"我就知道会是这样！你没一件事情能做好。就是调查外来语招牌啊！"

　　"谁……谁不知道啊！我做了，待会儿语文课拿给你看。"

　　成义泽对着罗大成的耳朵小声问："真的做了？"

罗大成朝着成义泽摇了摇头。他早把语文课上布置的小组作业忘得一干二净，只记得自己和黄欣儿、成义泽、成实爱分在一个小组。

"那怎么办？"成义泽担心地看着罗大成，"还有，你怎么最近总在打瞌睡？发生了什么事吗？"

罗大成最近哈欠连天，每天都睡眠不足，连眼睛都充血了。

为了一个月后能登上地义山，罗大成每天早上都带着鲫鱼饼在小区的公园里跑步，锻炼体力。昨天晚上，他还爬了十次楼梯。现在他浑身酸痛，得空就能睡着。

罗大成悄悄拿出笔记本，边提防黄欣儿，边偷偷补作业。

"我们家的洗衣店名字是可丽儿洗衣店啊，可丽儿就是英文的CLEAN。还有对面的嗨皮超市，嗨皮就是HAPPY，旁边的啤儿酒吧，啤儿就是BEER。啊，对了，还有美发店！那家美发店叫什么来着……海……海尔美发店，应该就是英文HAIR

的音译吧！还有……哎哟，想不起来了。"罗大成懒得再想，胡乱把作业对付过去。

到了语文课。

"现在给你们十分钟时间，决定一下每组的发言人和发言方式吧。从这边开始。"老师指了指罗大成这边。幸好罗大成坐在最后，前面还有三个小组。

同学们开始讨论，教室里热闹起来。罗大成小组的四个人面对面坐着。罗大成有些心虚，低着头不说话。

黄欣儿抬了抬下巴，冲罗大成说："我们组就由你来做代表吧！"

成义泽解围道："喂，不要这样。你肯定比他做得好，你来当代表吧。"

"是啊，欣儿，你的声音也好听。"成实爱也赞同。

"我无所谓。可以吧，我也赞成！"罗大成不敢和黄欣儿对视，低着头回答。

"我先看看你的作业。"黄欣儿突然抢走了罗大成手中的笔记本。

黄欣儿的行动太突然，大成没有反应过来，错愕间大叫："还给我！"

可黄欣儿已经看到了笔记上的内容，她鄙视地说："啧啧啧，我就知道是这样。你只调查了四个吗？无可救药。真是又没责任心又懒惰。像你这样的人怎么养小狗？对了，你的狗不是杂种狗吗？正好，你们俩简直是梦幻的组合——杂种狗兄弟！"

罗大成忍无可忍，一把揪住黄欣儿的衣领。

"什么？杂种狗兄弟？你敢再说一遍吗？"

罗大成把拳头伸到黄欣儿面前。

那一刹那，黄欣儿的眼中闪过了一丝惊慌。

就在这时，老师抓住了罗大成的胳膊。

"罗大成，你这是在干什么？"

如果老师没有阻止，黄欣儿已经挨了罗大成一记拳头了。

罗大成被老师罚了，整堂课都在走廊上高举双手站着，黄欣儿委屈得眼泪怎么也止不住，一直抽抽泣泣，最后，小组发言是成实爱和成义泽姐弟做的。

"明明是两个人吵架，为什么只有我受罚？"罗大成罚站时愤怒得几乎都要哭出来了。

一直到快下课，老师才让罗大成回到座位坐下。

"杂种狗兄弟？好像你家的狗有多了不起似的！"罗大成瞪着黄欣儿的后脑勺，暗暗在心里怒骂。

"罗大成，过来一下。听说你差点打了同学？"爸爸站在洗衣店门前等着罗大成。

"谁告诉你的？"

"老师被你吓着了，给我打了电话。我们都以为你脾气很好，没想到你居然会打人。为什么那样做？"爸爸瞪着罗大成质问道。

罗大成不知道该怎么回答爸爸，沉默了一会儿，说道："你就不要问了嘛！"

"你也知道丢脸吗？对比你弱小的同学使用暴力对吗？"

"弱小？哼，哪里弱小……"爸爸一唠叨起来就没完没了，罗大成想赶紧结束这个话题，只有认错，"下次不会了。"

上楼时，罗大成气呼呼地自言自语："弱小的同学？真是胡说八道！黄欣儿哪里弱小了？她是这世上独一无二的魔女。等着吧，我一定给她个下马威。"

打定主意的罗大成点点头，打开了玄关门。

鲫鱼饼懒懒地从垫子上起身，摇了摇小尾巴，来到他身边。

"鲫鱼饼！"罗大成抱起鲫鱼饼，蹭了蹭它毛茸茸的脸，"哎哟，慢吞吞的鲫鱼饼！"

罗大成回到房间，看了一眼鲫鱼饼的训练日程表。

最近，在洗手间上厕所的训练有很大的进展。但鲫鱼饼非常懒，每次喊它去洗手间，它都像街头的抗议分子似的动也不动，只是趴在那里眨眨眼睛。这真是很考验罗大成。

自从客厅里的地毯被收起来后，鲫鱼饼在客厅大小便的次数明显减少了。之前可能是因为地毯上有自己的味道，所以它错把那里当成洗手间。现在如果鲫鱼饼在客厅里方便，罗大成就喷上消毒液去味。

罗大成每天都准时带鲫鱼饼去洗手间。如果它成功在洗手间大小便，大成会轻轻拍拍它的头，表扬它。如果它在其他地方大小便，大成就会用报纸卷成的棍子敲打地板，批评它。其实，大成看到鲫鱼饼挨批评的可怜样心里很不好受，但他依然很严格。因为大成听说如果小狗做错事时主人的态度不一样，小狗就不知道这件事该不该做。

罗大成发现妈妈在日程表上贴了纸条。

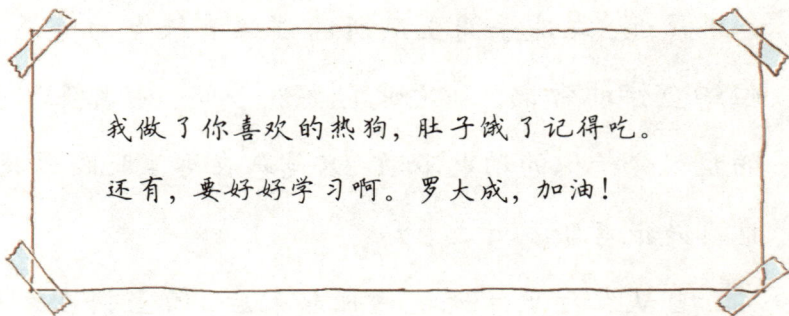

> 我做了你喜欢的热狗，肚子饿了记得吃。
> 还有，要好好学习啊。罗大成，加油！

罗大成开心地吃着热狗，突然想起黄欣儿说过的话——用香肠训练小狗效果不错。

他翻出全部零花钱，下楼买了整整一打香肠。

大成开始训练鲫鱼饼。它完成一项任务，大成就剥一根香肠喂给它。鲫鱼饼对香肠很感兴趣，大成的训练很顺利。但没想到，过了一个小时，鲫鱼饼开始腹泻，接着呕吐起来。罗大成吓坏了，赶紧抱着鲫鱼饼去郑院长的宠物医院。

"唉！"郑院长叹了口气，"居然把人吃的香肠喂小狗，还喂了这么多！"

"我们班的同学说训练小狗的时候喂香肠效果很好。"

"你这小子，那也应该先问叔叔啊。有专门给小狗吃的香肠。"

"啊？"罗大成大吃一惊，愧疚地低头看着鲫鱼饼，"对不起，鲫鱼饼。都怪我，很难受吧！"

郑院长给鲫鱼饼打了一针，接着递给大成一包小狗专用的香肠。

"我没有零花钱了，下次攒够了给您。"罗大成翻了所有口袋，拿出一张十元的纸币。

"呵呵，这个东西很贵，能用你的零花钱结账吗？"

"那个，只有这些……"

"好吧，"郑院长笑着接下了，把又宽大又厚实的手放在罗大成的肩膀上，"还有，登地义山的准备工作还顺利吗？小狗训练进行得怎么样了？"

"嗯，都还好……"罗大成随口敷衍道。

走出宠物医院，罗大成突然觉得胸口被什么东西堵住了，大概是所有的事情都乱成了一团吧！

"真是不想管了，实在是太麻烦了。"

不过，一想到鲫鱼饼，罗大成马上打起了精神。为了完成和数学老师约定的习题，他坐到书桌旁开始学习，但不一会儿，倦意便袭来。

"不行，要是再说话不算数，就没有人相信我了。老师说过，只要坚持做习题，就会有进步。"罗大成拼命睁大眼睛，忍住睡意继续做题。

这次的任务是重做一遍以前做错的题。不过，重做没有想象中那么简单，左算右算，大成就是求不出正确答案。

"唉，不管了。"罗大成把笔甩在一边，趴在桌子上进入了梦乡。

罗大成正在数学练习本上流口水，门铃响了。

是数学老师。

"大成，老师布置的作业都完成了吗？"

"我……"罗大成不好意思地挠了挠头。

"至少比上一次好多了，好歹想起来了要做题。"数学老师看着罗大成做到一半的数学练习本，露出了微笑，"以后每天都做完才可以。下一次你会全部做完吗？"

"会。"罗大成小声地回答老师，还和老师拉钩约定。

不过，大成差点就说了出来的话是："老师，我真的很累，能不能放我一马？"

罗大成补习完，连晚饭都没吃就带着鲫鱼饼出门了。

罗大成决定振作起来。他在心里对自己说："一定要训练好鲫鱼饼，一定要坚持做数学习题，最重要的是，总有一天要给黄欣儿一个下马威。"因为心里有了坚定的信念，大成感觉浑身上下都充满了力量。

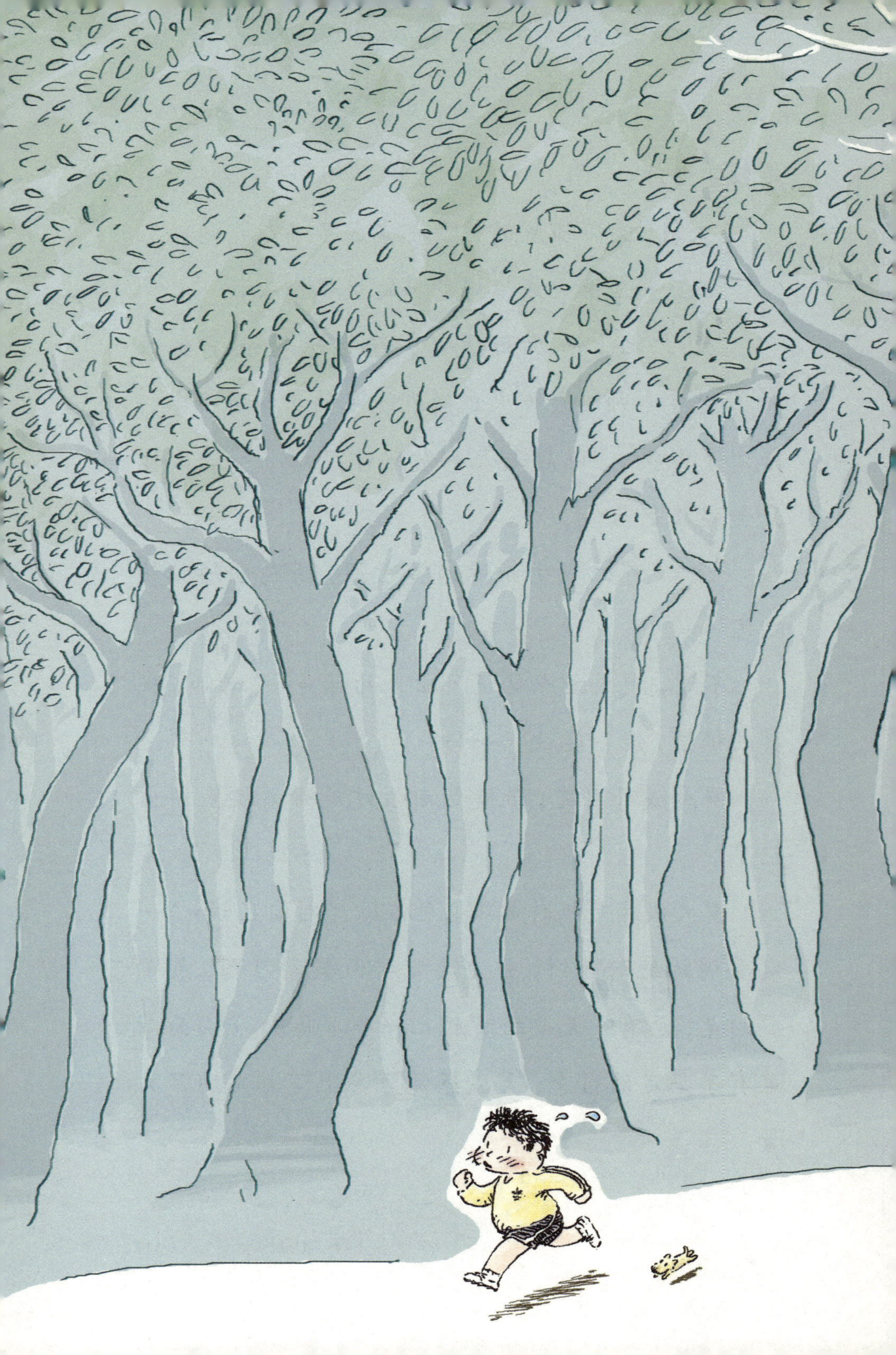

结束运动后，流了不少汗的大成觉得口有些渴，准备到超市买瓶水。

　　鲫鱼饼好像也累了，一直在喘气。

　　"你就在这里休息一下吧！"罗大成把牵狗绳绑在了电线杆上。

　　可绳子没绑紧，被鲫鱼饼扯了两下松开了。调皮的鲫鱼饼跑到超市门口的咸鱼摊舔起鱼来。

　　"走开！这是谁家的狗？"店员边大声吼着，边把鲫鱼饼扯开。

　　罗大成赶紧随便拿了瓶水就跑了出来。

　　"不行！"罗大成拍了一下鲫鱼饼的嘴巴呵斥道。

　　鲫鱼饼可怜兮兮地将尾巴蜷缩在两腿之间，蹲在地上哼唧。

　　最近，大概是在家混熟了，鲫鱼饼总是想爬上饭桌。有一次甚至趁大家不注意舔了一下饭桌上的鸡蛋饼。

　　爸爸妈妈警告大成："管好你的鲫鱼饼，不能让它上饭桌，这里是人吃饭的地方！"

　　这样一来，最近罗大成责骂鲫鱼饼的次数特别多。

　　罗大成把鲫鱼饼带回家，帮它擦了擦脚。原本是该帮鲫鱼饼洗澡的，可他忽然觉得很累，瘫在沙发上懒得动："为什么要做的事情这么多？啊，快要累死了！鲫鱼饼，你就不能帮帮哥哥吗？"

💗 登录

鱼饼哥哥的主页

把鲫鱼饼变成名犬的大作战（第三十天） 今天的心情　加油 🌀

http://www.bbang.co.kr/blog/d001

本周的目标	不让鲫鱼饼上饭桌！
本周的训练内容	鲫鱼饼一爬到饭桌就大声批评它。
	如果还不行，就用纸棍子打它。

真不知道鲫鱼饼这小子是小狗还是小猪。（你们的狗也这样吗？）

我已经喂它狗粮了，它明明吃得肚子都鼓了起来，为什么还会爬到饭桌上？

没闻到饭菜的味道时，它慢慢吞吞，活像只乌龟，

可只要一闻到饭菜的味道，它就冲过去。

不过，说实话，这点它和我挺像的。嘻嘻嘻。

其实我也是吃饭很认真，做其他的事情懒懒的。

啊，学习，还有运动，真的太烦人了。

我是想都懒得想啊。

当然，有时候我连说话都会觉得麻烦。

我似乎是懒癌上身了。

总之，鲫鱼饼真的和我很像。

在训练鲫鱼饼的同时，我也得治好我的懒癌。

˅ 回复 N　　˅ 相关回复

🔺 **小狗爱人** 啊，中箭！我也是懒癌上身了。嘻嘻嘻。我们一起治好懒癌吧！等等，你
说自己连想都懒得想，但你最近好像想得越来越多了呢！

🔺 **鱼饼哥哥** 我们是懒人家族，哈哈哈哈。啊，对了，我最近好像想法真的变多了。

9. 一山更比一山高

"这点小事，为什么要哭？"爸爸态度很冷淡。
"我真的很蠢吗？这一次我是真的想努力做好所有的事啊！"
罗大成觉得很委屈。

　　数学竞赛的前一天，罗大成坐在书桌前做习题，不知不觉，困意袭来。为了驱逐困意，他狠狠地掐了一下大腿，不过，最后还是没扛住，趴在书桌上睡着了。

　　醒来后，罗大成感觉身上一阵冷一阵热。他摇摇晃晃地走到床边，躺了下去。不巧那天刚好是爸爸妈妈洗团体服的日子，他们回家时已经很晚了。

　　"罗大成，睡了吗？"妈妈打开房门，看到正在

床上呻吟的罗大成，吓了一跳，"怎么回事？这孩子怎么了？醒一醒啊！"

妈妈摸了摸罗大成的身体，对爸爸说："这孩子全身都热得像火球似的，天哪，看看这些汗！这么难受就应该打电话啊！真是傻孩子！"

妈妈的声音里充满了担心。

"这孩子，我就觉得这几天有点过了……"爸爸也心疼地说。

"老公，看来孩子负担太重了。"妈妈看着大成，语带哽咽，"他……他……真是的……太可怜了。"

"啧啧，这孩子真的是……我来背他。"爸爸背着罗大成，跑向医院的急诊室。

医生说大成是因为过度疲劳引发感冒，只要好好休息就可以痊愈。

爸爸这才安下心，长舒了一口气。看着躺在床上输液的罗大成，爸爸轻轻地摸了摸他的头。妈妈也在一旁若有所思地看着罗大成。

输了一会儿液后，大成完全清醒了。

爸爸和平常一样粗声粗气地问："你为什么那么自不量力呢？"

大成觉得爸爸太无情了，眼泪在眼眶中打起转来。

"这点小事，为什么要哭？"爸爸态度很冷淡。

"我真的很蠢吗？这一次我是真的想努力做好所有的事啊！"罗大成觉得很委屈。

凌晨，罗大成和爸爸妈妈一起坐的士回到家。喝过妈妈熬的粥，罗大成又睡着了。

大成沉沉地睡了一大觉，感觉把这些日子缺的觉都补上了，身子也变得轻快许多。

妈妈打开房门，鲫鱼饼也跟了进来。

"鲫鱼饼，看来你很想念哥哥啊！"罗大成看着鲫鱼饼开心地笑了。

鲫鱼饼用它的小爪子刮着床脚，好像是想跳上床来。罗大成把手伸到床边，轻轻地摸了摸鲫鱼饼的背。

"儿子，能起来吗？我熬了一些粥，要不要拿过来？对了，我已经给学校打电话帮你请假了。安下心好好休息吧。”

“真的吗？”罗大成吃力地坐了起来，脸上带着笑意。

“嘻，生病不用去学校，也不用学习，太好了！真想多病几天。”罗大成暗自想着，差点儿绷不住笑出声来。

为去洗手间，大成下了床，没想到双腿发抖，浑身上下的骨头好像都不听指挥了。

“哇，真的好痛啊。”罗大成慢慢走到洗手间。

鲫鱼饼摇着尾巴跟在旁边，大成走一步，它跑一步。

罗大成打开洗手间的门，一眼看到鲫鱼饼在洗手间的报纸上小便的痕迹。

“鲫鱼饼，你上洗手间了？”大成喜笑颜开，“做得好，鲫鱼饼！”

扑通！罗大成正想蹲下来摸鲫鱼饼的头，可一不小心摔在了地上。虽然很疼，他却一直在笑。

“做得好，做得好！”罗大成不停地抚摸着鲫鱼饼的头。

"哎哟，你这孩子……"闻声赶到的妈妈看着罗大成，无奈地笑了。

第二天早上，爸爸一本正经地对罗大成说："如果你很累，就不要去爬山了。你那副身子骨怎么爬山？爬地义山可不是轻松的行程。"

爸爸态度的转变让罗大成很吃惊，但是爸爸的语气中透着关心，这让他心里暖暖的。

这次妈妈却反对起来："最近大成坚持运动，肚子消下去了不少呢！大成，你真的很累吗？"

"你这是说什么话？运动过度对身体不好。"

"我觉得挑战一下也没什么不好的。妈妈也不知道该怎么做了。大成你自己做决定吧！"

"就算你放弃登山，我也不会把鲫鱼饼送回去的，因为这次是特殊情况。要不要继续挑战由你自己决定。"爸爸果断而明确地说。

罗大成想着要不要干脆顺水推舟放弃算了。然而奇怪的是，想到半途而废，他心中有种莫名的失落感。

两天后，罗大成上学去了。他的脚步格外轻快。休息了几天，大成特别想上学。

罗大成推开教室门，坐到自己的座位上，成实爱和成义泽姐弟高兴地跑过来打招呼。

"病了很难受吗？你瘦了好多啊！"

"真瘦了不少呢！"

黄欣儿突然插嘴说："哼，是不是装病？"

这是在上次语文课吵了一架后，黄欣儿第一次对罗大成说话。

"喂，那位同学，我很好奇你的大脑构造，你怎么就只会说损人的话呢？"罗大成觉得黄欣儿不可理喻。

"不是就算了！"黄欣儿似乎觉得有些没趣，哼了一声，转过身去。

"如果我说错了，那我道歉。"黄欣儿冷冷地说，声音小得几乎听不到。

罗大成不解地向成义泽求助："她怎么还道歉了？"

成义泽耸了耸肩。

这时老师进来了，看到罗大成，高兴地打招呼：

"罗大成，看来你是真病了啊，都瘦了好多。"

"哇哇！"同学们拍着手，发出欢呼声。

罗大成瞅了瞅自己："我以前真的有那么胖吗？他们是不是在开玩笑呢？"

"这次数学竞赛的最高分会是谁呢？"老师准备公布数学竞赛的成绩。

"黄欣儿！"

"成实爱！"

黄欣儿和成实爱纷纷被同学点名。

黄欣儿和成实爱似乎也很紧张。成义泽毫不关心，无精打采地打着呵欠。

"这次百分之百又是黄欣儿第一吧。"罗大成羡慕地望着黄欣儿的背影。

"好了，安静！下面我宣布，这次得了我们班最高分，也是全年级最高分的是成实爱！是满分！给得金奖的成实爱鼓掌！"

老师鼓起了掌，同学们也拍打着桌子，发出欢呼声。黄欣儿低下了头。数学竞赛的第一一直都是黄欣儿,这次被成实爱拿走了。

为了照顾黄欣儿的情绪,成实爱不好意思表现得太高兴。见黄欣儿很沮丧,罗大成故意起劲地鼓掌,用力地拍桌子。

黄欣儿瞪了一眼罗大成。

罗大成看到黄欣儿眼中含着泪,有些不忍,便停了下来。

"下一个,得银奖的是卢太秀和池敏宇!"

这次也没有黄欣儿的名字。

"接下来是得铜奖的,哇,居然有八个人:李真秀,黄欣儿,闵智修,金敏晶,成义泽……"

成义泽听到自己的名字,长舒了一口气:"呼,危机解除!差点就要被妈妈打死了。"

黄欣儿一直低着头。同学们都上去领奖,只有黄欣儿坐在自己的座位上不肯上台。

"欣儿啊!"老师叫了黄欣儿。

黄欣儿就是坐着不动。同桌成实爱帮她领了奖。

都是得了铜奖，其他人兴高采烈，只有黄欣儿万分沮丧。

同学们议论纷纷。

"搞什么，是在装可怜吗？都得奖了还哭丧着脸，我们没拿到奖都没怎么样，好不好！哼！"

"黄欣儿这家伙其实还挺让人同情的。"罗大成第一次觉得黄欣儿没那么讨厌。

放学回家时，罗大成路过宠物医院。郑院长看起来非常忙，他正在给一只小狗往脖子上戴一个很大的像立着的领子的东西。小狗戴上那东西后就像身上开了一朵小狗花。

"这是为了防止小狗舔伤口的保护圈。"郑院长抽空向大成介绍道。

罗大成一直等到郑院长忙完。

"听说你不去登山了？"郑院长洗着手，问起了罗大成。

"嗯……"

郑院长拿来一杯热可可递给罗大成，问他："不可惜吗？"

"不知道。"

"排便训练很辛苦吧？这种事情不付出努力就做不到。不过，看起来你做得很好呢。接下来你来训练小狗学会'等待'，怎么样？"

"其实我现在……"大成有些犹豫。

见罗大成怯怯的，郑院长有些失望："为什么这么没自信？你已经做得很好了。拿出勇气来吧！对了，听说你病了，现在还好吗？"

"嗯。"罗大成点了点头。

"如果因为生病半途而废，以后我们大成还能做好其他事吗？"郑院长盯着罗大成，似乎要把他看穿，"反正，决定由你来做。爸爸也说不要让你太辛苦，我还能多说什么呢？下周我们就要去登山了，要不要去，由你决定。"

"真是闯了一关又一关呀！为什么要做的事情这么多？"罗大成带着心思回了家。

看到鲫鱼饼，大成一把抱住它，问："鲫鱼饼，你觉得哥哥怎么做才好？"

鲫鱼饼摇着尾巴，伸出粉粉的小舌头想要舔罗大成的脸。

登录

鱼饼哥哥的主页

把鲫鱼饼变成名犬的大作战（第三十五天） 今天的心情 烦恼 ●…

http://www.bbang.co.kr/blog/d001

这几天一直在生病，没能更新。

前几天，鲫鱼饼在洗手间小便了。

我没有带它去洗手间，是它自己去的！

真令人欣慰！

爸爸说，就算我不去地义山，也会让我继续养小狗。

这几天我有点累了。

大家也知道我有多辛苦，不是吗？

一开始我以为不去爬山会轻松自在，但奇怪的是，我心里反而觉得有些失落。

为什么会这样呢……

为了去地义山，我一直都在坚持做运动。唉，到底要不要去呢？

各位，我应该怎么做呢？啊，真的好烦……

∨ 回复 N　　∨ 相关回复

🔹 **小狗爱人** 啊，看起来你真的很烦呢！别急，我来跟你一起想一想。

以后就不用那么辛苦了，应该高兴才是，为什么反而觉得不舒服呢？

是不是因为辛苦的努力和付出不全部是麻烦的感觉，也有一种有收获的美好感觉呢？

选择哪一边虽然是你的自由，但是千万不要做出会让你后悔的决定。

🔹 **鱼饼哥哥** 我觉得好难哪。

把你的毅力传递给身边的人

去接触下学校里无法融入团体的"边缘人"或是因为害羞没办法和同学自在地玩耍的同学吧！刚开始的一两次你可能会感到有些尴尬，但是只要拿出毅力去和他们交流，他们一定也会敞开心扉的。相信我，他们会因为你有毅力而对你产生信赖感。

如果身边也有和你目标一致的朋友，就和他们一起努力吧！大家彼此督促，看有没有每天认真执行计划，这样做比单打独斗轻松呢！

你真的 努力 了吗

如果有朋友做了对不起你的事，也请用毅力忍耐，寻找合适的时机指出他的错误，耐心等待他改正。就算朋友总犯同一种错，也不要轻易发火。如果不能等到最后，你可能会失去重要的朋友。

如果有朋友想中途放弃目标，就鼓励他"你可以做到"吧！由你亲口说出的话一定能激励他。

10. 你可以做到

被冷风吹到的罗大成，一下子清醒过来。他握紧了拳头对自己说："天黑就惨了。罗大成，镇定，镇定！"

下课之后，成义泽背起书包，问罗大成："特长展示你要做什么？"

"特长展示？"

"下个月不是有才艺大会嘛！"

"哦，你想好表演什么了吗？"

"嗯，我们姐弟俩打算来一个魔术秀，很期待吧？"

"嘴那么长！"成实爱用胳膊肘捅了一下成义

泽。

"啊，忘记不能说出来了。"

等成实爱走出教室，成义泽又贴到罗大成耳边小声说："妈妈为了让我们准备才艺大会，还把我们送到魔术学院去学习。"

"不过，你展示什么呢？"成义泽叹了口气。突然，他拍手说："喂，我有一个好想法！你和黄欣儿一起表演小狗秀，怎么样？"

"和谁一起？"罗大成觉得成义泽的建议不可思议。

"这是绝对不可能的事！"黄欣儿站起来，瞪了一眼成义泽，走出教室。

"小狗秀？听起来很有意思啊！"罗大成对小狗秀很感兴趣，但又摇了摇头，"就算搞小狗秀，也绝对不能和黄欣儿合作。"

终于到了和郑院长约好去登地义山的日子。

罗大成一起床就忙着找登山服，幸好妈妈早已帮他准备好了。

"你不去也行。"爸爸似乎有些担心。

"不，我要去，我真的想去。我要登上地义山的山顶。"

爸爸听了笑着说："太阳打西边出来了，你居然主动去做这么辛苦的事情。呵呵，真是想不到。"

郑院长看到穿着登山服出现的罗大成兴奋地喊了起来："太好了！我们大成果然是超酷的！"

罗大成羞得脸都红了。

罗大成坐上了停在宠物医院门口的客车。这是去地义山的专车，上面坐的全是大人。

他突然想到了成义泽。

"要不和义泽一起去吧！那小子喜欢运动，登地义山对他来说肯定是小事一桩。"

虽然已经是早上7点，但太阳还没有升起来，天色仍然有些昏暗。罗大成赶紧跑回家，拿起了话筒打电话。

"你好。"是成义泽妈妈的声音，听起来她还没睡醒。

罗大成心里犹豫着要不要挂电话，嘴上结结巴巴地问："您……您好，太……太早了，打扰到您了。我是罗大成，请……请问成义……成义泽在家吗？"

"孩子啊，现在才几点？义泽还在睡觉呢。是很急的事情吗？"

"啊，不……不好意思。那……那我挂了。"

"没事的，稍等一下。"

等了好一会儿，终于有人接电话了。

"你好。"不过接电话的不是成义泽，而是成实爱，"大成，义泽怎么都叫不醒。你不知道啊，他要是睡着了，就算被别人背走也不会醒。你有什么事吗？"

"没什么事。"

这时，话筒里传来了成义泽妈妈打着呵欠发牢骚的声音："罗大成？是不是你们班那个懒散的小胖子？义泽为什么总是和他玩在一起？他就不能去结交一些优秀的孩子吗？"

"妈妈，嘘！都听得见。"

"两个懒家伙凑成一对。真不能让他们继续玩在一起了。"

接着传来了咣的一声。是关门的声音。

罗大成感觉被人冷不防地从后面猛击了一棒。虽然成实爱用手捂住了话筒，但是成义泽妈妈的声音却比什么声音都响，一直在大成耳边盘旋。

"大成！"

罗大成不等成实爱说话，匆忙挂上电话。

"居然说我是个懒孩子！"罗大成觉得自己被泼了脏水，心情非常糟。

观光客车飞驰了五个小时，终于在休息站停下了。

罗大成一下车就吐得稀里哗啦的。吐完后，他感觉浑身上下都被抽空，两条腿瑟瑟发抖，几乎站不稳了。

爸爸拍打着大成的后背，心疼地看着他。郑院长在一旁亲切地说道："大成啊，你还好吗？加油！

总有一天，这一切会成为你美好的回忆的。"

罗大成一点也不认同郑院长的话："还没开始就难受成这样，怎么会成为美好的回忆？这只会成为最烂的回忆！"

客车经过咸阳、山青，又走了一个小时，终于到了中山里。登山日程是先在中山里吃午饭，再登山到环岛山庄，第二天登天王峰观日出。

罗大成没有胃口，只是勉强吃了两口就放下筷子。爸爸夹起菜放到罗大成的饭上，严肃地说："要吃饭啊，不然待会儿爬山会没劲的。"

"是啊，大成，要好好吃饭。之后要走的路还很长，比前面的路辛苦呢。"

罗大成听到郑院长的这句话，彻底绝望了。

终于，大家背起鼓鼓囊囊的登山包开始登山。罗大成的背包也被撑得满满的，有在中山里买的盒饭和水，妈妈准备的小西红柿和巧克力，自己从冰箱里抓的一把香肠，还有爸爸放进去的运动饮料。

一行人经过收费站，又沿着路走了大约十五分钟，终于抵达登山路的起点。山路蜿蜒向上，看不到尽头，路旁有一条清澈的小溪潺潺地流着。

罗大成一进入山里，顿时觉得有了精神，刚才吐过后的不适通通消失了。

如火焰般的枫叶舞动着自己的身体，奔向大地。晚秋的大树们似乎在秋天和冬天的岔道上奋力抵抗季节的交替。清爽而隐隐散发着清甜气味的山岚随清风吹拂。人每向前踏出一步，脚底便传来踩树叶的沙沙声。这声音在登山的人听来，如同音乐一般。

走了一段时间，山路越来越陡。大成数着步子向前走，他的呼吸变得越来越急促，似乎全身上下每个器官都动了起来。

他忍不住叫在前方的爸爸："爸爸！"

"怎么了？想下去吗？"爸爸赶紧来到罗大成的身边。

"还要走多久？"

郑院长走过来，对爸爸低声说了几句话，爸爸突然转过身向前走去。

"爸爸！"罗大成的叫声很哀切，但爸爸只是举着手示意让罗大成跟过去。

"爸爸！"大成又喊了一声，想叫住爸爸。这次爸爸连头都没回，径直往前走去。

罗大成看着爸爸的背影，快要哭出来了："什么啊？是亲爸爸吗？"

郑院长在远处向着罗大成喊道："大成啊，加油！再走一点就到了！加油吧，加油！"说完他就继续往前走了。

罗大成好不容易忍住几乎要流出来的眼泪，迈开沉重的步子一步一步向前走。在同行的人中，大成只认识爸爸和郑院长，现在他们都走在了前面，大成顿时感觉被这个世界抛弃了。

"哼，太冷酷了！我不在身边他们难道不担心吗？早知道我就不来了！我不走了！"罗大成坐在一块大石头上气呼呼地想。

大成认定爸爸和郑院长不会真的就这样走掉，打算在这里慢慢等他们回来找自己。他从背包里拿出了妈妈准备的小西红柿，边吃边等。可等到他连巧克力和香肠都吃完了，爸爸还没来，大成信赖的郑院长也没来。

同行的登山客也渐渐不见踪影了，罗大成这下不安了："真过分，两个人都走了吗？"

大成不敢多逗留，赶紧背起背包，向着爸爸离开的方向走去。山路上到处都是大大小小的石头，只能小心地慢慢爬。爬了好久都看不到人影，罗大成越想越着急，心跳也越来越快。

没想到，大成不小心一脚踩空，重重地摔了一跤，滚下了山坡。万幸的是，山坡不算高，登山服还算厚，大成没受皮外伤。不过，大成的脚崴了。

"爸爸……"罗大成没有起身，靠在旁边的石头上哭了起来，"太过分了，你不是我爸爸，居然丢下我一个人走……"

罗大成埋怨起丢下自己先走掉的爸爸，脸被汗水和泪水弄得黑花花的。

因为越想越伤心，大成的眼泪就像小溪水一样，不停地流啊流。

他靠在大石头上哭了好一阵子，感觉山上开始降寒气了。虽然头顶的阳光很温暖，但山风很冷。

被冷风吹到的罗大成一下子清醒过来。他握紧了
拳头对自己说："天黑就惨了。罗大成，镇定，镇
定！"

罗大成环视了一下四周，决定还是继续往上爬，虽然脚踝很疼，但他一心想赶路，也就忘了脚的伤。

"罗大成，不要像傻瓜一样只会哭。罗大成，只要到环岛山庄就行了，你一定能做到！"

11. 走向山顶的路

"不,我要去。昨天贴了膏药,现在好多了。"
罗大成转了转脚踝,虽然还有点痛,但感觉能忍受。

罗大成坐在路边检查了一下自己的脚踝。虽然脚踝肿了,感觉火辣辣的,但还不至于完全动不了。罗大成边走边向行人问路,一跛一跛地走向环岛山庄。

山势越来越险峻,有好几次他都跌坐在地上。虽然满是掉转回头的想法,但心中的那份不甘心激励罗大成咬牙站了起来,接着往前走。

大成回想起每天晚上带着鲫鱼饼去跑步的事,

再一次为自己打气："再加把劲儿吧，罗大成！"

刚好这时，一位登山客吹着口哨路过，看到了罗大成。这位登山客穿着看起来很高级的登山服。他边用脖子上的毛巾擦着脸上的汗边说："孩子，加油啊！"

罗大成打从心底感谢这位登山客。

"你一个人来的吗？"

罗大成不自觉地点了下头，心想："反正他们都扔下我了，也算我一个人来的吧。"

登山客见大成走路一颠一跛，担心地问："孩子，你的脚好像崴了，要紧吗？"接着，他走过去摸了下罗大成的脚踝。

"啊！"罗大成忍不住叫了起来。

登山客让罗大成脱下袜子，仔细察看了下他的脚踝。

"真是严重啊，脚踝肿得很厉害。"

登山客从背包里拿出了膏药和绷带。

"先简单处理一下，应该会好一些。"

登山客为大成贴上膏药，用绷带包扎好，然后帮他穿上袜子。

"真懂事啊，都想着要自己来爬山。你应该和我的儿子差不多大，几年级了？"善良的登山客摸了摸罗大成的头，夸赞道。

"五年级了。"

"我儿子压根不会做这种辛苦的事。叔叔的儿子懒得很，只知道吃东西，玩游戏。"

罗大成觉得登山客说的好像就是自己，脸唰一下红了，差点就蹦出来"我也是那种孩子"的话。

登山客扶起罗大成，说道："好了，现在应该可以慢慢走了。再走一个小时就能到了，慢点走吧，叔叔陪你一起走。"

罗大成非常喜欢这位温柔的登山客叔叔。

"哼，比我爸好一千倍，一万倍！他算什么老爸，儿子不见了，居然也不来找一找！"

想着还要一个小时才能到环岛山庄，罗大成的脚踝好像又痛了起来。

罗大成感到很抱歉，对登山客说："叔叔，是不是沿着这条路上去就能到？我自己慢慢走上去就可以了。"

"没关系，我也要到山庄，慢点走吧。"

"真的没关系。我在拖您的后腿……"

"呵呵，你这小子真懂事啊。不过在这么大的山里，万一迷路了可就麻烦了。"

罗大成也担心登山客真走了自己不知道该怎么办，听到这句话，他安心地让登山客陪自己慢慢走。

走着走着，罗大成全身都汗透了。他脱下外套系在腰上。登陡坡的时候，登山客从后面托着大成，让他能轻松点。靠登山客的帮助，大成终于到了环岛山庄。

"终于到了！"

山庄里人很多，大成不知道该到哪里找爸爸。

你真的努力了吗

"那是大成啊，这小子，去哪儿了？现在才上来。"郑院长看到罗大成，高兴地走上来一把抱住他。

接着他对一旁的登山客说："辛苦你了！"

"前辈，这孩子很懂事啊！"

"你们认识吗？"罗大成吃惊地望着他们。

郑院长哈哈大笑："他是我们小区活动小组的新组员，也是我读大学时的社团后辈。吓到了吗？"

郑院长和登山客热络地聊开了。

罗大成为了找爸爸，在山庄里独自溜达起来，可转来转去没有看到爸爸的身影。

罗大成找到郑院长，问爸爸的去向。

"真是的，我让他多等一会儿，他肯定是没忍住……"郑院长边说边拿出手机，给大成的爸爸打电话。但是这里是深山，通话信号很弱。

"他一定是下山去找你了。我都说了没关系……"

"哼，不关我的事，我才不管他！"罗大成想到丢下自己走掉的爸爸，心中的气还没消。

过了好一阵子，天变得黑漆漆的了，爸爸还是没回来。罗大成开始担心起来："怎么还不回来？这个老爸，居然让儿子操心他！"

罗大成急得直跺脚。

"要是能联系得上就好了……"郑院长也有些担心了。

这时，爸爸拖着像吸了水的棉花一样沉重的身体出现了。

"爸爸！"罗大成看到爸爸，差点哭了出来，但是他又故意把头别向一边。

爸爸一看到罗大成就发起火来："罗大成，你这小子到底……"

"哼，到底是谁该发火啊！"

大成在山庄吃完了从中山里带来的盒饭和泡面。可能是因为在山上游荡了太久，罗大成觉得比平时更饿，饭吃起来也格外香。

郑院长看着狼吞虎咽的罗大成，呵呵笑了起来。

爸爸似乎是觉得很丢脸，说了一句罗大成："慢点吃吧，会呛到的。"

大成吃得太猛，胃有些不舒服，为了消食，他来到山庄外散步。

天空中的星星闪闪发亮，爸爸和郑院长正喝着咖啡聊天。罗大成溜达到他们身后。

"都说了让你相信我，就那么一会儿都没忍住。我早就拜托一个后辈了。"

"就算那样我还是担心呀。山这么大，要是迷路了怎么办？他没跟来，我都快担心死了。"

"怎么样？其实他很懂事，我的方法有效吧？"郑院长拍了拍爸爸的肩膀。

"呵呵，是啊。一个人，还拖着受伤的脚爬了上来，我吓了一跳。我以为那小子肯定会掉头下山，我都到山下去找他了。"

"唉，我很羡慕你啊。"郑院长的叹气声是那么明显，"不知道我还要这样干多久，真想早点和在国外的家人会合。我也想把儿子放在身边，教他各种东西。"

"总之真是太感谢了。我刚开始觉得他肯定养不了小狗，没想到他居然坚持下来了。多亏养过小狗，现在遇到困难他也能坚持到底了。"

"是啊。我有时会登录他的主页看他的博客，真是觉得他懂事了。养鲫鱼饼让他懂得努力的意义。孩子长大了啊，看来我们的魔法是见效了！"

"哈哈……"爸爸和郑院长的笑声响彻在地义山。

罗大成知道爸爸为了找自己，甚至不辞辛苦地跑到山下，心中的结终于完全解开了。

"郑院长还访问过我的主页？难道叔叔就是小狗爱人？"这么一想，罗大成觉得小狗爱人好像对自己很了解。

罗大成悄悄回到山庄的客房，上了床。爸爸说过凌晨四点要登天王峰，让罗大成早点睡觉。

凌晨三点，爸爸叫醒了罗大成。

"大成，要不要再睡会儿？要不你还是好好休息吧，毕竟脚踝受伤了。"

"不，我要去。昨天贴了膏药，现在好多了。"罗大成转了转脚踝，虽然还有点痛，但感觉能忍受。罗大成不想一个人留在山庄，想登上天王峰观看日出。

"都到这里了，一定要去！罗大成，你还可以嘛！居然这么厉害！"罗大成想着自己的变化，忍不住笑了。

凌晨三点，夜黑漆漆的，忽然吹起了几乎能把人冻僵的风。暗夜加上冷风，让人不由得感到害怕。一行人打着手电筒走上伸手不见五指的山路。

不知道爸爸从哪里找来一根绳子，把绳子两端分别系在自己和罗大成的腰上。

"大成，好好跟着爸爸。"

只要一有空隙，冷风就毫不留情地钻进衣袖、领口，大成感觉冷得透骨。

他按紧帽子，紧紧抓住绑在腰间的绳子，提醒自己："一定要抓住绳子，和爸爸走在一起。如果绳子断了，我就得独自待在这漆黑的山里。"

罗大成跟着爸爸一步一步向前走。在黑暗寂静的大山里，什么都看不到，只能听到人们的呼吸声和脚步声。

走了一会儿，罗大成有些上气不接下气，爸爸的呼吸也变得急促了。突然，爸爸蹲在路边，大口喘着粗气。

"爸爸，休息一会儿再走吧。太累了，走不动了。"罗大成向爸爸提议道。

"好吧，我也走不动了。休息一会儿吧。"

这时，郑院长用手电筒照了照两人，严肃地说："这样拖延下去肯定会错过日出的！"

"是啊，没时间休息了。"爸爸站起来，和大成一起跟着郑院长继续赶路。

登天王峰的路一段是下坡路，一段是上坡路。罗大成觉得下坡路比上坡路更难走。在下坡时，呼吸会变得轻松一些，可双腿已经累得发抖，要使上更大的劲儿才能走稳。

"叔叔，登山的路上为什么会有下坡路？"罗大成突然好奇起来。

郑院长停下脚步，调整了一下呼吸，十分认真地向罗大成解释："登上山顶的路有很多种，既有下坡路又有上坡路的是其中一种。人在走下坡路时特别需要耐心和毅力，想要登上山顶，可不能因为有了下坡路而放弃啊！走过下坡路，接下来就会有上坡路，这样走着走着就到山顶了。"

罗大成觉得郑院长的意思大概是只要能克服困难，就会有好的结果吧。罗大成边登山边在心里回味着郑院长的话。

"用一句话来说，就是'用毅力去克服困难，就能登上山顶'。罗大成，你真是太聪明了！"

终于到达了天王峰。没想到这里已经有很多人了。

这时是六点四十分，距离日出大约还有三十分钟。因为爬山时流了不少汗，冷风让人感到格外清爽。不过，当身上的汗渐渐被风吹干，寒气侵袭进身体后，大成被冻得牙齿咔嗒咔嗒直打战。

郑院长从背包里拿出保温瓶，倒了一杯热可可。

罗大成兴奋地大叫："啊，是可可！"

"叔叔也很喜欢甜蜜的可可。"郑院长又给大成的爸爸倒了一杯咖啡。

凌晨的寒风和热腾腾的可可真是绝妙的搭配。

十一月的天空没有一点云彩，格外清爽，这种天气特别适合看日出。

终于，整座山笼罩在一片氤氲的红雾中，太阳要出来了。开始太阳只是探出了一丁点头，没一会儿便升到了山顶上。红雾瞬间聚在一起，似乎要把山顶吞没。

"哇，真的好壮观！我都快不能呼吸了。太阳躲在哪里呢？它怎么会突然冒出来？"罗大成看得目瞪口呆。

爸爸好像也很激动，整个人都沉浸在壮阔的美景中。郑院长不断地按下相机快门捕捉这美丽的画面，顺便也为尽情享受日出的大成父子留下纪念照片。

"我会永远记得今天。"罗大成想，"我要一直在心底珍藏这美景。"

罗大成跟着爸爸回到了山庄，简单吃了点早餐便下山了。

下山途中，一行人在中山里休息。爸爸拍了拍罗大成的肩膀，说："说实话，我被你吓了一跳！"

"爸爸也很懒惰，我看着你懒惰的样子就像在看我自己。"爸爸有点难为情，"我一直怕你像我。唉，我能有什么办法？一辈子就这样了。对了，你知道自己名字的含义吗？你的名字是爷爷给你取的，是希望你将来有很大的成就。看来你将来能不辜负爷爷的期望了。"

爸爸露出欣慰的笑容，紧紧握住大成的手。

登录

鱼饼哥哥的主页

HAPPY DAY

happy

I Love you

HAVE FUN WITH ME

把鲫鱼饼变成名犬的大作战（第四十五天）今天的心情 欣慰 😌

http://www.bbang.co.kr/blog/d001

本周的目标	多称赞鲫鱼饼。
本周的训练内容	鲫鱼饼在洗手间大小便时称赞它。
	鲫鱼饼要是不爬到饭桌就称赞它。

各位，我去地义山观看日出了。

爸爸和宠物医院的叔叔说对我有了新的看法，一直称赞我。

出生以来，我第一次这么开心。

这些日子的训练，让鱼饼也受了很多苦吧。

它又不能说话，肯定很郁闷。

我打算今天开始也好好称赞我们家鱼饼。

鱼饼，知道哥哥有多爱你吗？我爱你！

∨ 回复 💬 ∨ 相关回复

☂ **小狗爱人** 哇，鱼饼哥哥，你真是太帅了，终于登上地义山了！我被你的努力感动了。
你肯定也想过放弃，不过最终还是战胜自己了。祝贺你在和自己的战斗中
获得胜利！

☂ **鱼饼哥哥** 别这么说啊，人家害羞啦！我能这样都是因为小狗爱人一直在鼓励我。小
狗爱人，你怎么能那么清楚我心中的想法？累的时候，我真的是一点都不
想动。

12. 最珍贵的秘密

"我只知道遇到讨厌的事要忍耐，要坚持下去，不要轻易放弃……"
罗大成恍然大悟，抱着鲫鱼饼开心地笑了。

"好了，大家都知道下个月会有才艺大会吧！请
各位定下自己的表演项目，告知班长。我们也会邀
请家长。所以要认真准备哟！"

罗大成一听到才艺大会，赶紧举起了手。

"老师，可以表演小狗秀吗？"

"小狗秀？那么是要把小狗带到学校来吗？"

"嗯，我真的很想表演。"

"先让我跟其他老师商量一下，等最后一节课的

时候再告诉你吧。"

黄欣儿转过身来，轻蔑地说："杂种狗也能训练吗？"

"你……你……"罗大成想反驳黄欣儿，不过还是憋回去了。

"再怎么争辩也只是我的嘴巴累罢了，我让大家看到我家的鲫鱼饼不是杂种狗就可以了！"

为了听到老师的答复，大成一心盼着最后一节课快点到，感觉一天真漫长。终于到了最后一节课，老师通知大成："校长同意了，其他老师也觉得很好。但是如果现场表演乱糟糟的，当时就得退场哟！"

"是！"罗大成开心地欢呼起来，觉得这一天的等待是值得的。

一放学，大成就跑出了教室。

成义泽追了过来，抓住罗大成的衣服，说："喂，喂，我觉得啊，反正要做小狗秀，比起一只狗，两只狗更好，比起两只狗，三只狗会更有意思。所以，和黄欣儿一起表演小狗秀怎么样？你不觉得这样很有趣吗？"

"什么？你为什么总是把我和黄欣儿联系在一起？我又没疯，为什么要和那个讨厌鬼一起表演小狗秀？"

"小子，发什么火？有必要发火吗？"

"我要回去训练鲫鱼饼了！"

罗大成丢下成义泽往家跑，可他脑中总是浮现成义泽的话。

"和黄欣儿一起表演小狗秀？真是不敢想象！"罗大成使劲摇了摇头。

为了好好准备小狗秀，罗大成游说妈妈推掉一个月的英语补习课和数学辅导课："妈妈，我想让黄欣儿知道鲫鱼饼不是杂种狗，也想让那些像成义泽妈妈一样轻视我的人看到我的变化。"

"好吧，儿子。不过才艺大会一结束，要更认真地学习哟！"

罗大成心情大好，开心地笑了。妈妈这么爽快地答应他，是因为罗大成遵守了每天做五道数学题的约定，还因为妈妈看到罗大成和爸爸在山顶一起看日出的照片，感动得差点哭了出来。

　　罗大成开始正式训练鲫鱼饼。虽然之前大成也教过它几个简单的口令，但靠这点东西在才艺大会上表演小狗秀远远不够。

　　"鲫鱼饼，明天开始我们要去小区公园。今天第一天，就在家里做。站起来！"

　　可鲫鱼饼眨眨眼睛，仍然趴在地上。

　　"再做一次，鲫鱼饼，站起来！"

　　罗大成拿出零食，鲫鱼饼这才摇着尾巴，慢吞吞地站了起来。

　　"喂，太慢了。再快一点！"

　　说着，罗大成把零食扔得更远了。这下鲫鱼饼赶紧跑过去，一口咬住了零食。

　　"鲫鱼饼，你这个贪吃的家伙！"

　　嘴上这样说，罗大成心里倒是挺高兴。

　　"这次是伸手！伸手，我就给你这个。"罗大成拿出零食。

可鲫鱼饼只是用可怜兮兮的"快点给我零食吧"的眼神看看零食，又看看大成。大成顿时心疼起来，把零食喂给了鲫鱼饼。

"不要太着急，慢慢来吧。"

罗大成虽然决心已定，但心里还是担心鲫鱼饼做不好。他握紧了拳头对自己说："小狗秀里最重要的是小狗和主人的默契，所以最重要的是我和鲫鱼饼的配合。"

第二天，罗大成带着鲫鱼饼去了小区公园。他想起了在准备地义山之行时带鲫鱼饼来公园跑步的事。这次大成把跑步的时间从晚上改到早上，懒懒的鲫鱼饼变得勤快了些，行动速度变快了。

天气很冷，大成跑起来后虽然嘴里吸的是冷气，但身体很快就热了，一点儿也感觉不到寒气。

每次鲫鱼饼好好执行命令时，大成都会给它零食当奖励，不过他担心鲫鱼饼吃得太多变肥，每次只给它一点点。

你真的努力了吗

终于到了才艺大会的日子，学校里一片欢乐的庆典气氛。罗大成在礼堂旁等着黄欣儿。两天前，黄欣儿突然要求和大成一起表演小狗秀。大成感到莫名其妙，不过还是邀请她一起在公园练习。

黄欣儿没有遵守约定，还在第二天若无其事地说："昨天真是对不起，我家突然有事。明天我们直接在礼堂前碰头吧！我们小将就算不练习，也能做得很好，它本来就是只训练有素的小狗。"

罗大成一脸不满，心中无比后悔："这个让人无语的家伙，真后悔答应和她一起表演。"

终于，黄欣儿出现了。黄欣儿胸前抱着小将。它一看就是被主人精心照顾的小狗，又长又白的毛光滑柔顺。

相比之下，鲫鱼饼的样子看起来有点上不了台面。

罗大成抱起了鲫鱼饼走进礼堂，故意把胸挺得高高的。他担心会失误，心一直扑通扑通地狂跳。

罗大成轻声对黄欣儿说："我先上去表演。"

"凭什么你先来？我要先去。我们小将做完了，你再跟着做。"

罗大成虽然很讨厌黄欣儿看不起人的样子，但是没吱声。

"各位，下面是一个特别的表演。在这个表演中，小狗和主人将融为一体。五年级三班的黄欣儿同学和罗大成同学要表演小狗秀。让我们掌声欢迎！"

担任主持的六年级学生介绍了罗大成和黄欣儿。罗大成提前拜托主持人在舞台上把几把椅子并排摆好，再把小狗饭碗的口朝下放好。

黄欣儿和罗大成牵着各自的狗，走上舞台向观众鞠躬。

台下的同学边鼓掌边欢呼，罗大成感觉心都快跳出来了。

黄欣儿先牵着小将在舞台上绕行一周，和大家打招呼。没想到小将突然加速向前跑，牵着狗绳的黄欣儿没准备，一个趔趄摔倒在舞台上。

台下的同学笑成一团，黄欣儿迅速爬起来。她红着脸，看起来非常尴尬。

轮到罗大成带着鲫鱼饼绕舞台转。罗大成牵着绑在鲫鱼饼脖子上的狗链，就像在公园里跑步一样，三步一吸气。罗大成一吹口哨，鲫鱼饼就轻松地跳过了倒扣的狗碗。罗大成和鲫鱼饼的配合简直是完美！

黄欣儿的表情越来越不自在。

黄欣儿让小将跳上椅子，接着她做了一个转一圈的手势。小将做了一个漂亮的空翻，可说时迟那时快，它咚的一声从空中摔了下来，惨叫一声。

虽然同学们鼓掌以示鼓励，但是黄欣儿却面色凝重。

又轮到鲫鱼饼表演了！

这次罗大成打算让鲫鱼饼表演拿手绝技。

"鲫鱼饼，结冻！"

鲫鱼饼本来是抬起头准备站起来，一听到"结冻"，马上定在了那里。

"鲫鱼饼，咚！"

鲫鱼饼这下站了起来，跑向罗大成。

"哇哇！再来一次！"

"再来一次！"

同学们大声欢呼，全场一片沸腾。

罗大成对鲫鱼饼说："握手！"接着又命令它："鲫鱼饼，结冻！"

鲫鱼饼以伸出一只手的姿势一动不动地定住了。直到罗大成喊出"鲫鱼饼，咚"，它才动起来。

罗大成又在鲫鱼饼四脚朝天的当口喊了一声"鲫鱼饼，结冻"，鲫鱼饼听到指令，便一动不动地躺在地上。听到"鲫鱼饼，咚"后，它才翻身站起来，开心地朝大成摇起了尾巴。

鲫鱼饼靠着"结冻，咚"获得了极高的人气。同学们争先恐后地跑过来，想要抱一抱鲫鱼饼。

罗大成和黄欣儿走出后台，还有几个同学跟了过来。

"好了，好了，安静！接下来还有其他表演呢！

主持人，快点进行下一个节目！"负责督场的老师呵
斥跟在后面的几个同学，把他们赶回了礼堂。

班主任老师看到了罗大成和黄欣儿，高兴地说道："做得好！真是很棒的小狗秀！罗大成真是让人刮目相看哪！你指挥小狗的技术太棒了！以后要不要做驯兽师？应该还挺适合你的！"

罗大成还想仔细问清楚，可突然黄欣儿哭着跑走了。他一时间不知道怎么办，下意识地跟着黄欣儿跑了过去。

"你干吗跟过来？走开啦！你很了不起啊？"

"喂，到底是谁觉得自己很了不起？觉得很了不起的不是你自己吗？那么了不起，为什么要哭？"

"不要嘲笑我。"

"我什么时候嘲笑你了？你真的很优秀，我很羡慕你。不管是什么事，你都能做得很好。这是事实啊。"这些是罗大成的真心话。

"……"

"你都不知道我真的很羡慕你呢！好几次，我都埋怨自己没有像你一样生来就那么聪明。为了这个，我伤心过好多次呢。"

听到这些，黄欣儿才吞吞吐吐地说："说实话，你这次真让人吃惊，我没想到你能把小狗训练得这么好。你和以前很不一样。唉，我一味地相信自己的头脑，数学竞赛也没有认真准备，结果第一名让实爱得了，还有，我认为我们家小将那么聪明，又接受过专业训练，在学校表演一下根本不需要练习……这次真是丢脸，丢脸，我真的好丢脸！"

"到六年级，我们再表演一次小狗秀吧！"罗大成觉得自己的腰都不自觉地直了。

"到时候我也要教会小将'结冻，咚'。"

"好啊，我也要教鲫鱼饼新指令！"罗大成抱着鲫鱼饼向着礼堂走去，抬抬下巴让黄欣儿跟着来。

黄欣儿擦干眼泪，抱着小将，跟着罗大成走向礼堂。

罗大成突然想起一件事，问道："对了，你知道驯兽师是干什么的吗？"

"哦，就是在动物表演里指挥动物的人。这是个很有前途的职业。你一定很开心吧，连老师都那么夸你了！"

　　看到黄欣儿投以羡慕的眼神，罗大成又一次挺直了腰板。

　　"罗大成，分享一下你训练小狗的秘诀吧！"黄欣儿有点不好意思。

　　"秘诀？训练小狗哪里有秘诀？"

　　"喂，大家是同学，没必要这么保守，教教我吧。"

　　罗大成觉得如果真有秘诀，自己也很想告诉黄欣儿。可他想来想去，就是想不通那个秘诀是什么。

　　"我只知道遇到讨厌的事要忍耐，要坚持下去，不要轻易放弃……"

　　罗大成恍然大悟，抱着鲫鱼饼开心地笑了。

登录

鱼饼哥哥的主页

鲫鱼饼是名犬　今天的心情　兴奋 😊

http://www.bbang.co.kr/blog/d001

各位，在今天的才艺大会上，鲫鱼饼自信地表演了小狗秀。

现在任谁看来，鲫鱼饼都是名犬了吧！欣慰，欣慰。

我还打算六年级时在才艺大会上和鲫鱼饼一起表演飞越呼啦圈。

这对我们家鱼饼来说，肯定没有问题。当然，辛苦的练习是免不了的！

嘿嘿嘿。

我一定会做到的！

辛苦的练习？

嗯，我要在碰到讨厌的事情时忍耐一下，

在遇到麻烦想放弃时，再坚持坚持。

碰到讨厌的事时，心里肯定也会传来"别干了"的声音，

那时，我一定要屏蔽掉这个声音。

这不需要什么了不起的能力，每个人都能做到！

明年一定要来看我的表演啊！

一定记得哟！

✓ 回复 N　✓ 相关回复

↑ **小狗爱人**　鱼饼哥哥，这么说，明年你就能见到我，知道我是谁了。

↑ **鱼饼哥哥**　小狗爱人，真是太好奇了。你是我认识的人吗？

↑ **小狗爱人**　这个嘛……嘿嘿，拿出你的毅力去猜一猜吧！哈哈哈！

作者的话 ★

毅力
是实现愿望的魔棒

　　小时候，碰到稍微有点辛苦的事时，我就会耍脾气说："我不做了！"现在想到小时候的那个样子，我还会觉得很丢脸。说实话，这篇文章的主人公罗大成就是当时那个又懒又没耐性的我。

　　不久前，我在电视里看到一部纪录片，讲的是全心投入产生的力量。节目让十位初中生解答他们从未学过的数学题，这些学生不能接受任何外部帮助，只能依靠自己独自解答。你们猜，结果如何？令人吃惊的是，十位学生全都解出了从未学过的题目，区别仅在解答速度不同。看来，全心地投入某件事能激发出超人般的力量啊！

　　如果没有毅力，就无法做到全心投入。面对任何事情，只要拿出毅力不断研究、思考，就有可能完成。各位同学，只要拿出毅力，你们的愿望就能逐步实现。

看看罗大成，学校作业不想做，补习班上了没几天就放弃了，做数学课外题也嫌麻烦。为了养鲫鱼饼，他战胜了这些困难，并且，他还把胖乎乎的身子锻炼到可以登上地义山了。罗大成学会了如何坚持到底，实现梦想。希望各位同学能通过读这个故事获得战胜自己的力量，希望罗大成专注地爱着鲫鱼饼的那份力量也能传递给你们。

拿出毅力积攒决心，积攒热情吧。

各位心中隐藏着的真切的愿望会一一实现的。

和罗大成相似的朋友

作者　金径畎

图书在版编目（ＣＩＰ）数据

你真的努力了吗/（韩）金径旼著;（韩）秋德英绘; 高勋, 郭锦月译. —武汉: 长江少年儿童出版社，2017.3

（最励志校园小说. 第四辑）

ISBN 978-7-5560-5701-6

Ⅰ.①你… Ⅱ.①金… ②秋… ③高… ④郭… Ⅲ.①儿童小说－中篇小说－韩国－现代 Ⅳ.① I312.684

中国版本图书馆 CIP 数据核字（2018）第 003906 号

어린이를 위한 끈기 The Power of Perseverance for Children

Text Copyright © 2007 by Kyung Min, Kim 金径旼

Illustration Copyright © 2007 by Duck Young, Choo 秋德英

All rights reserved

Simplified Chinese Copyright © 2018 by CHANGJIANG CHILDREN'S PRESS （GROUP）LTD.

Simplified Chinese language editon arranged with Wisdomhouse Mediagroup Inc. through Eric Yang Agency Inc.

著作权合同登记号　　图字：172013100

书　　名	你真的努力了吗		
©	金径旼 著　秋德英 绘　高勋 郭锦月 译		
出版发行	长江少年儿童出版社	业务电话	（027）87679174 （027）87679786
网　　址	http://www.cjcpg.com	电子邮箱	cjcpg_cp@163.com
承 印 厂	武汉鑫佳捷印务有限公司		
经　　销	新华书店湖北发行所		
印　　次	2019 年 3 月第 1 版，2019 年 3 月第 3 次印刷	印张	11.5
规　　格	640 毫米 ×980 毫米	开本	16 开
书　　号	ISBN 978-7-5560-5701-6	定价	29.80 元

本书如有印装质量问题　可向承印厂调换